그대는 분노로 오시라

b판시선 015

열사 시집

그대는 분노로 오시라

한국작가회의 자유실천위원회 편

도서출판 b

1

그대 우리 곁을 떠났으나 우린 아직 그대 보내지 못했네

우리들 가슴속에 판화로 새겨놓은 그날이
거역의 몸부림으로 다시 일어서고 있다

그의 외침은 지금도 울려 퍼지고 있고
남은 우리는 그 소리를 듣고 있다

그의 탯줄을 타고 봄을 부르자
우리가 먼저 가서 부르자

절망으로 가신 그대여
다시 오실 때에는 희망으로 오시라

2

이 시집에 함께한 시인들 중에서 다섯 명이 낸 목소리이다.

안타까움과 슬픔과 분노가 다시금 들리는데……
희망과 다짐으로 바꾸어 듣는다.

이 땅의 분단을 극복하고 민주주의를 실현하고 노동자의
해방을 이루기 위해 헌신한 열사들……
우리는 추모하려고 이렇게 모였다.
모시지 못한 분들이 너무 많아 죄송할 뿐이다.

우리는 이 부족함을 잊지 않고 살아갈 것이다.
부끄럽지 않게 시를 쓸 것이다.

2017년 1월 17일
한국작가회의 자유실천위원회

| 차 례 |

끊어진 길

강영환

어둠 속을 뛰어가던 발소리가 있다
핏빛 노을 속에 뿜어내던 숨소리가 있다
네 쓰러진 곳에서 길은 끊어지고
우리 가야 할 길도 사라져버렸다
지금은 망월동 푸른 떼잔디 풀뿌리를 베고 누워
깊은 잠에 아직 들지 못하는구나
오월 풀벌레 가슴이 익어가도
울음소리 그치지 못하는구나
길 위에 다시 어둠이 찾아 와
금남로 끊어진 길 위에 네가 섰느냐
길이 끊어진 것을 어찌 모르고 있더냐
승냥이 발톱같이 날뛰는 무리들은 언제나
새벽이 오는 것을 두려워하지 않더냐
자비는 저들을 위한 선물이 아니다
길의 끝까지 밀고 나간 뒤 그때
그들의 손을 잡지 말았어야 했다
다시 어둠이 와 길은 끊어지고

끊어진 길 위에서 여태

강물로 흐르고 있는 네 살이다

산줄기로 내달리고 있는 네 뼈다

초혼招魂

강태승

눈물 속에선 부르기 좋은 이름
눈물로 불러야 하는 이름
부르면 눈물 되는 이름 있다

눈물 없이 부르면 서러운
눈물로 불러야 웃음 피는
웃어야 눈물 나는 이름 있다

소리 없이 불러야
아무도 듣지 못하게 불러야
호올로 그리운 이름,

무너지듯 눈이 내린다
세상이 밤새 눈에 덮일수록
파릇파릇해지는 이름,

문 열면 아침마다

마당에 뭉텅 쏟아지는 햇살처럼
내 생애에 엎질러진 이름 있다.

동창 창수에게

공광규

배관과 1반이었던 창수야
나는 기계과 9반이었던 광규야
푸른 실습복에 '조국 근대화의 기수' 휘장을 달고
하나 둘 셋 넷 구령에 맞춰 행진을 하고
점호를 받던 기억이 나는구나
기숙사 옆 식당과 가까운 배관과 실습장에서
텅텅 깡깡 철판을 구기고 파이프를 두드리던 소리가
아직도 귀에 선하구나
너는 대한조선공사로 가서 조선노동자가 되었고
나는 포항제철로 가서 제철노동자가 되었지
너는 용접공을 했겠구나
나는 기계수리공이었는데
1991년 2월 대우조선 투쟁지원연대회의 이유로
네가 구속되었을 때
나는 해고 노동자였단다
1991년 5월 전국노동조합협의회 탈퇴 공작에 맞서다
네가 부상을 입고 안양병원에 입원했을 때

나는 해고무효소송 법정 투쟁을 하고 있었구나

1991년 5월 전국노동조합협의회 탈퇴 공작에 저항하다

네가 살해당했을 때

나는 매판 변호사와 일제 주구의 아들인 대법원 판사와

싸웠구나

너는 죽었고

나는 졌구나

너는 목숨을 걸었고

나는 살아서 자본가에게 노동조합 간부에게 정치꾼에게

모욕을 당하고 있구나

너는 열사가 되었고

나는 블랙리스트 시인이 되었구나

이게 우리들의 노동이구나 나라구나

창수야,

동창들이 1977년에 설악산으로 갔던 리마인드 수학여행을

가자는구나

너는 못 오겠지

양산 솔밭산 묘역에 잠들었으니

모란공원

권위상

경기도 남양주시 화도읍 월산리 606-1
찌는 듯한 여름 한복판
서울 변두리 모란공원을 방문했네

노동자로 살면서 부당한 현실에 맞서다가 버린 목숨
독재에 항거하다가 초개같이 버린 목숨들이
계단을 오르며 한 뼘씩 지하에 묻혀 있네

오랫동안 손이 가지 않은 영정들
빛바랜 유품들이 위태롭게 저장된 유리 박스들
말없이 자리만 지키고 있네

갑자기 쏟아지는 소나기
그러다가 갑자기 내리쬐는 땡볕이
이들의 살아온 삶의 굴곡을 보여주고 있네

누가 이들을 여기로 오게 했을까

우리는 왜 여기로 와서 땀을 닦고 있는가

돌아갈 길이 멀어 공원을 빠져 나와
자장면을 한 그릇씩 비우고 역으로 나서던 그때
가슴이 울컥했던 기억
다시 돌아본 모란공원 부근은
아무 일 없었듯 너무 조용했네

눈을 감고 상상을 해보네
내가 여기 묻혀 있다면
이루지 못한 일들은 누가 이어갈까
이루지 못한 일들이 이루어지고 있을까

모란공원에는 바람이 불지 않고 있었네

그대는 분노로 오시라
—고 양용찬 열사 추모제에 부쳐

김경훈

불로 가신 그대여

다시 오실 때에는 물로 오시라

절망으로 가신 그대여

다시 오실 때에는 희망으로 오시라

불의에 맞서 가신 그대여

다시 오실 때에는 시퍼런 의로움으로 오시라

행여 기념하러 오지 마시라

이 기만적인 화해와 상생의 시대에

그대는 불화와 상극의 진정으로 오시라

신열로 들끓는 억센 돌개바람으로 오시라

저당 잡힌 고운 바닷가 다시 지킬

거대한 희망의 해일로 오시라

하늘길 땅길 바닷길 이어지듯

그대는 그렇게 구름길 바람길 열린 길로 오시라

눈물로는 오지 마시라

한숨으로도 오지 마시라

반성하고 수고할 줄 모르는 우리들

오만한 아집을 삭일 찬 서릿발로 오시라

분노가 진실한 정의가 되게

그대는 맞불의 분노로 오시라

먼 길 돌아 다시 오시는 그대여

다시 오실 때에는 참 생명 평화 평등의 단칼로 오시라

가슴이 뜨거워지는 소리를 듣는다
—이 땅의 모든 민주 열사들에게

김광렬

죽어서도 죽지 않은 그대들 푸른 영혼 앞에서
살아서도 죽어있는 우리들 영혼
참 많이도 부끄럽고
부끄러워서 촛불광장으로 나가는 지금
발걸음이 무겁다
아직도 이 땅에 민주주의는 멀기만 한데
그것은 우리의 목소리가 작아서다
아니, 저들이 귀를 틀어막고 있기 때문이다
아니, 저들의 가슴이 뜨겁지 않기 때문이다
아니, 저들은 사랑을 모르기 때문이다
사람이 사람을 억압하고
채찍을 휘두르는 차디찬 독재
사람이 사람을 사랑할 줄 모르는 음산한 눈길
그것들과 맞서 싸우다
이 땅의 모든 열사들 꽃같이 스러졌으니
그들을 지키지 못한 우리들 한없이 괴롭고

괴로워서 민주광장으로 나가는 지금
이제 이 부끄러움을 떨쳐내야 하겠다
이 괴로움도 벗겨내야 하겠다
죽어서도 죽지 않은 그대들 푸른 영혼처럼
살아서도 죽지 않은 자유 영혼 지켜내야 하겠다
지금 가슴이 뜨거워지는 소리를 듣는다

풀들의 계절

김석주

용감한 풀들이었습니다
몰아치는 그 칼바람 속에서도
흔들렸지만 결코 꺾이지 않았고
밟히고 또 짓밟혔어도
다시 함께 일어나 우리 이 금수강산을 지켜온 것은
그들의 각진 총칼이 아니라
이 땅의 당당한 풀들
우리들의 피와 땀과 그 용광로와 같은 사랑
메말라버린 너와 나의 눈물이었습니다.

늘 바람 차고 매서웠던 벌판이었습니다
부르터진 두 손을 서로 부여잡고서
힘차게 북채를 두드리며 얼씨구
밤새도록 짚불을 지피며
새로운 날을 애타게 기다렸던 우리들의 혼과 혼
그 우렁찬 첫닭 울음소리처럼
새벽은 그렇게 우리들 곁에 오고 갔으나

걷히지 않는 먹구름 떼
결코 새로운 우리들의 아침은 쉬이 오지 않았습니다.

이름 모를 풀들이었습니다
삼월의 하늘을 감동시키면서
사월에는 기어이 꽃 한 송이를 피워내야겠다고
동이동이 피눈물을 쏟았던 것도
이 땅의 그대 그 당당한 풀들이었으며
그 별이 되어 스러져간 이름과 이름 위에
아, 기어이 봄이 또 이렇게 오고
이제라도 아쉬운 꽃소식을 올려야겠다며
풀들이 웅성이며 다시 활짝 피어나는 풀들의 계절입니다.

유월, 서울시청 광장을 지나며
―이한열을 기억하다

김 선

어두운 지하도 입구를 벗어나자
버들개지를 품은 초여름 햇살
산란하는 소리들로 부산하다
서울시청 광장에 펼쳐진 초록빛 잔디들 따라
파란 하늘이 펼쳐지고
살 만한 세상이라는 듯 재즈 페스티벌이 한창이다
귓바퀴에 감기는 선율 따라
광장에 선 사람들의 허리는 저절로 흐늘거리고
나도 모르게 퀴퀴한 교정쇄며 묵은 빨랫감들을
까맣게 잊은 채 멍멍한 음악 속으로 빨려든다
곱게 자란 금잔디의 한쪽을 헤치니
와락 달려드는 지난겨울의 차디찬 감촉
언 뿌리에 갇혀 있던 시간,
광장을 돌려달라는 시민들의 입을 막으며
쏘아대던 차가운 물대포
숨 막히는 눈물가스 냄새가 속속 되살아난다

몇 시간째 기다리는 사람은 오지 않고
광화문 안쪽까지 퍼지는 스윙 재즈의 리듬에 맞춰
행인들은 연약한 가지처럼 흔들리고
마른기침 뱉어내는 가로수 어린잎들
입마개를 벗고 서로 얼굴을 찾은 연인끼리
깔깔거리며 골목으로 사라진다
몇 시간이고 자리 뜰 생각도 없이
도둑고양이처럼 두리번거려도
끝내 기다리던 사람은 오지 않을지도 모른다
광장의 낮은 하늘을 가리고 있는
인공 잔디밭의 허약한 뿌리에 붙어
최루가스를 한사코 뿌리치는
스무 해 전 그 사람의 맑은 숨을 불어넣어 본다
고대 카타콤 무덤을 벗어나
봄볕을 찾아 홀로 걸어가는
그를 따라 요란한 힙합 리듬 너머
꾸밈없는 소리 하나 건져 내어

광화문 쪽으로 힘껏 던진다
자꾸 죽음 쪽으로만 가지를 뻗는
가로수에 맑은 물 한 줌을 건넨다

1946, 다시 오는 10월

김성찬

파쇼 반대 미제 반대 남북분단 반대
식량 배급 중지 철폐를
외치던 역사의 주인들 이 땅에 평등
자유를 외치던 민중들이
미제국주의 앞잡이들 총구 앞에서
수없이 붉은 꽃잎으로 떨어져 내렸다
흘러내린 핏물은
흰 무명 적삼을 붉게 물들이고
손에 쥔 태극기를 적셨다

돌아오지 않는 화살이 되어
파쇼의 심장 향해 날아갔다
시대의 어둠을 가르는
시월 하늘 저편으로 날아갔다

대구역 광장 시청 광장
거역의 몸부림으로 쏟아져 나와

자유를 외치던 분노의 주먹들이여
용광로처럼 달아오르던 달구벌이여

우리들 가슴속에 판화로 새겨놓은 그날이
거역의 몸부림으로 다시 일어서고 있다

한 노동자의 죽음을 보며
— 한진중공업 85호 크레인에서

김요아킴

그대 그렇게 가시오
하늘같은 마음으로 사람들을 사랑하려다
가장 높은 곳에서 그 질긴 끈 놓아버린
그대 그렇게 좋아하는 하늘로 가시오

환한 미소, 듬직한 체구에
영정으로만 보았던 지울 수 없는 목소리
숨 쉬는 것조차 두려울 만치
조여드는 천 근 같은 무게에
처절히 꿈꾸었을 아름다운 노동
한 번도 꽃피우지 못하고
마지막으로 지켜내야 할 피붙이마저 흘려놓은 채
크레인 한쪽 귀퉁이
끝내 한 송이 국화만 남겨 두고는
훌쩍 가버린 그대

그러나 그대
이제 눈물 되어 다시 와야 하오
우리들 깊이 상처 난 마음속으로
타오르는 저녁 강의 햇살처럼 붉게 스미어
더 이상 흔들릴 것 없는 저 환한 세상을 위하여
더디더라도 꼭 다시 와야 하오

모란공원 묘지에서

김이하

노동에 불순한 사람들이 사는 도시
노동자를 통째로 벗겨먹은 그곳에서 멀리 떨어진 마석
모란공원 묘지에 가서 보니
이 나라 오욕의 역사가 널렸더군

결코 쉽게 눈감을 수 없는
노동자들의 울분이, 민주주의의 결기가, 사람답게 살자는
애끓음이
투사가 되어, 열사가 되어, 역사가 되어
붉은 눈을 뜨고
철철 비를 맞고 있더군

누가 위로할까, 누가 이들을 고이 잠재울까
─근로기준법을 준수하라, 노동삼권 보장하라!
─사람답게 살고 싶다!
─독재를 타도하라!
아직도 이 땅에는 그 분노 켜켜이 쌓이는데

혼이 떠나가지 못하는 저 구천이 바로 여기더군

해마다 철마다 한 줄기 눈물 훔치며 지나가는 사람들
피 흘리며 왔더군, 미리 제자리 찾으러 왔더군
마ㅡ석ㅡ모ㅡ란ㅡ공ㅡ원ㅡ묘ㅡ지
열사 전람회, 노동 전람회, 역사 전람회였더군
이 땅의 슬픔 전람회였더군

푸른 반역

김자흔

그래요 당신은 거기서 나는 여기서

벌레에 갉아 먹힌 구멍처럼
때론 부식된 울음을 잘라내고 싶은 거예요

밤은 우리의 영역이에요

특히 보름 달밤에는 죽창을 치켜들고
푸른 반역이라도 일으키고 싶은 거예요

영혼마저 위험해질 순간이라고 왜 없었겠어요

울음은 그런 거예요
누구도 막아낼 수 없는 그런 거라고요

사실은 그게 아니라고
무작정 항변해 보고도 싶었지만

처음부터 어긋나버린 인연이라면
이미 알아챘어야 했다고요
어디서부터 무엇이 잘못됐는지
미리 벌써 확인됐어야 했다고요

그러나 사랑과 증오는 이미 통해버렸으니

그래요
당신은 거기서 나는 여기서

우리 이만 쉬잇,

임
— 문익환

김정원

내가 사랑한 임은
거창한 조국도, 인류도 아니었다
내가 사랑한 임은
피가 흐르고 살이 따뜻한
가난한 이웃이었다
그 가진 것 없는 이웃이 바로
조국이고, 인류이고, 하느님이고
'모든 사람'이었다
남녘에 사나 북녘에 사나
이 '모든 사람'을 자기 몸처럼
사랑하지 않으면 아프기에
서울역이나 부산, 광주역에 가서
평양 가는 기차표를 내놓으라고*
한반도 지폐를 들이미는 통일꾼에겐
사상과 이념과 제도의 신줏단지는
깨진 사금파리에 지나지 않았다

전태일 열사여

김창규

비바람이 불고 눈보라가 치는
추운 겨울날 온몸에 불을 댕긴 청년의 분신
예수가 세상에 다시 오셨다
푸른 하늘 숨쉬기조차 힘든 몸을
붉은 해가 슬픔을 토해내는 유리알 같은 심장
전태일의 온몸이 지진처럼 갈라졌다
세상이 놀랐고 그의 죽음을 깨달은 어머니
십자가도 없는 컴컴한 방에서 울었다

조선의 예수가 마지막으로
서울 청계천 길바닥에서 십자가를 지고
피를 흘리며 스러졌다
아주 처절하게 숨을 거두며 어머니를 불렀다
타오르는 정신의 불길 화염도 그의 정신을
어쩌지 못했다 아니 간섭하지 못했다
하나님도 지구를 떠나 없고 예수도 서울을 떠나 거리에
노동자들의 한숨소리와 재봉틀 돌아가는 소리

먼지 나는 공장 한쪽에서 울고 있는
순이, 영자, 철수도 아무도 몰랐다

그렇게 그가 세상을 뜨자
일그러진 낮달이 재로 남은 옷자락에
금실 은실 빛을 타고 내려와 앉았다
하얀 얼굴 한쪽에 타다 남은 심장이
아직 식지 않은 말을 토해내고 있었고
체 게바라 같은 청년의 죽음이 세상에 알려지자
독재자 다카기마사오 그의 죽음을 잊으려고 했다
노동자는 기계가 아니고 사람이었지

영원할 것 같은 독재자의 최후는 비참했고
총소리 크게 하늘을 뚫고 올라갈 때 전태일
이름은 생명책에 기록되게 되었다
어머니와 동생들이 그 뒤를 이어 투쟁하였고
청계천 창공 까마귀들이 울고 갈 때

비로소 그가 한국의 예수였음을 알았다

그의 외침은 지금도 울려 퍼지고 있고

남은 우리는 그 소리를 듣고 있다

꽃상여 떠가네

김채운

그대 우리 곁을 떠났으나 우린 아직 그대 보내지 못했네
저만치 상여 하나 떠가네, 꽃상여 하나 눈물길로 흐르네
서울시청 분향소에서 양재동 현대차 본사를 향하여

어허이 어허
어허 넘차 어허

그대 홀연 떠나갔으나 영영 우리는 그대를 버리지 않을
것이네
저만치 상여 하나 떠가네, 꽃상여 하나 눈물길로 흐르네
시청에서 양재를 지나 영동으로 더 멀리 진도 팽목항으로

어허이 어허
어허 넘차 어허

백일이 넘도록 장례도 못 치른 한광호 열사의 넋을 싣고
물대포에 하릴없이 쓰러진 백남기 농민의 분노를 싣고

지하철 구의역 열아홉 비정규직 청년의 좌절을 싣고
삼백 넷의 목숨 앗아간 참혹한 세월호의 슬픔도 싣고
363일 고공농성 접어야 했던 현대기아차 비정규직 노동자
들의 설움을 싣고
죄 없이 5년을 선고받은 민노총 한상균 위원장의 꺾이지
않을 결의도 싣고
차별 없는 세상에서 사람답게 살아갈 일천만 비정규직 노동
자의 꿈을 싣고

어허이 어허
어허 넘차 어허

벼랑 끝으로 내몰린 이 땅의 노동자들 더 이상 모진 목숨
끊지 말도록
억울하게 죽임당한 노동자들의 시린 영혼 달래지도록
엄혹한 현실 앞에서도 결코 무릎 꿇지 않으리니 무너지지
않으리니

그대들의 죽음이 떳떳해지는 그날까지 피 끓는 분노를 삭여

슬픔의 자리마다 붉은 만장 검은 만장 나부끼며,

우리는 날마다 날마다 새 희망의 꽃상여를 띄울지니

아카시아 꽃비碑

—2016 광주 5·18 민주화운동 기념일에 부쳐

김태원

내가 산그늘 비탈에 서서
흰 눈처럼 침묵하며 꽃을 피우는 것은
그대 향한 그리움 차마 떨쳐낼 수 없기 때문입니다

내 꽃마음이
종일, 해를 입에 물고 온 산을 그러안은 산철쭉처럼
붉지 않고 희디흰 것은
아무것도 바라지 않고 쓰지 않았던 백지 같은 순결한 사랑에
함부로 색을 입힐 수 없기 때문입니다

내 안의 가시가
장미꽃 담장 뒤에 숨겨진 그것보다 더 크고 단단한 것은
시대의 세찬 강물 헤치고 저어 노을처럼 스러진 그대의
곧은 뜻을
오롯이 새기고 벼리기 위함입니다

내 옅은 향기로

철없는 벌들만 어지럽게 불러 모은다 하여도

꽃빛이 열흘도 견디지 못하고 백골처럼 쓰러져 누워도

눈 시린 오월의 하늘,

설운 무등의 골짜기 골짜기마다 백비^{白碑}처럼 서늘히 서서

그대의 아름다웠던 얼굴을

끝내 잊지 않고 기억하기 위함입니다

허물로 남은 노래

김해자

저 생긴 대로 동글동글한 놈은 둥글게
네모진 놈은 네모나게 사이좋게 누운 모란공원,
잎 떨군 나뭇가지에 몸 빠져나간 매미
혼자 서리를 맞고 있다

굼벵이는 기다렸으리
나무뿌리 밑에 터널을 뚫고
제 오줌으로 흙 이겨 벽을 바르며
어둑한 세월 견뎠으리

어느 날 배를 밀며 나아갔으리
더듬어 더듬어 빛을 향해
벽을 밀고 천장을 뚫으며 긴 터널 빠져나왔으리
제 몸속에 꽉 찬 날개를 품고

제 등 갈라 연둣빛 매미를 낳았으리
나뭇가지에 필사적으로 달라붙어

바닥으로 떨어진 놈도 있었으리
참새 입으로 들어간 놈도 있었으리

하지만 살아남은 놈들
사랑한다 사랑한다 간절히 날개 부비며
노래했으리 날개가 오그라들 때까지
맴맴맴 맴맴 매앰 매—앰 ……

노래는 사라지고 허물만 남아
뜨거운 한때 노래하다
떠나간 매미를 증거한다

아! 뜨거운 눈물, 백남기

김형효

흰 옷 입은 한 노인이 길을 여네. 싹이 돋는 봄날을 지고
멀고 먼 길을 걸어온 오랜 고행의 시간 또렷한 새벽 눈을
뜬 채 흙발로 잿등과 벌판을 뛰어 짜고 매운바람처럼 한 걸음
가깝고 가깝던 고향으로 가네. "내가 백남기다. 우리가 백남기
다." 길가에 핀 꽃들이 곡을 하듯 외치는 아픈 절규를 들으며
그렇게 흙을 품으로 살러가네. 그렇게 차가운 늦가을 거리에
스산한 바람 맞으며 오늘 흰 옷 입은 한 어른께서 고요하게
길을 내고 가네. 가다가다 하얀 가을 국화 앞에 한숨 쉬며
도란도란 오래된 옛이야기도 풀어두고 여름 한나절의 거친
태양에 살갗이 데인 듯 타오른 농투성이 곧은 마음도 함께
오래된 선한 사람들과 함께 율도국의 꿈을 품은 백남기가
되어 "내가 백남기다. 우리가 백남기다." 소리쳐 부르며 가네.
부러져도, 다시 부러져도 올곧은 뜻으로 산 일생 뜨겁게 뜨겁게
방방골골 "내가 백남기다. 우리가 백남기다." 절절한 노래를
부르듯 외치며 가네. 옹불이 되어 빨갛게 타든 가슴에 남은
불덩이 같은 마음으로 흰 옷 입던 선한 사람들의 참 세상으로
함께 가네. 뜨거운 눈물로 가슴을 적시며 "내가 백남기다.

우리가 백남기다." 외치며 함께 걷네. 그렇게 함께 가네. 광화문에서 부산 서면에서 광주 금남로에서 대구 동성로에서 대전 한밭로에서 모두가 율도국에 꿈을 품고 "내가 백남기다. 우리가 백남기다." 외치며 흙의 향기처럼 아름답고 따뜻한 나라로 가려 하네.

이별가

김홍춘

내가 왜 사는지
물어보았다
별이 나에게
눈만 깜박이더라
달이 나에게
손짓만 하더라
가는 길은
바람 불면 안 보이고
눈 내리면 덮여
도무지 알 길이 없더라
눈을 뜨지 못할 세상에
한 점 혈육 눈에 밟혀 어찌 갈꼬
아가 미안하다
우리 다음 생엔 지극한 연인으로 만나자꾸나
그래서 헤어지지 말고
오래도록 정을 나누자꾸나

금토일金土日

김희정

교수들은 학생들 가르치랴 연구하랴
몸과 마음이 피폐해져
재충전의 시간을 준다
초중고 교사들도
낙타가 바늘구멍 빠져나가는 것만큼 어렵지만
안식년이 있다
육체노동자들이 1년을 쉰다는 것은
상상할 수 없는 일이다
1주일에 5일만 일해도
살 수 있는 세상
비정규직이 꿈꾼다는 것은 사치스럽다
창조론에 따르면
주일은 지켜야 하고
하루는 쉬면서 몸도 생각하라고 하는데
그것도 지키지 못하고 사는 인생
참 많다
사람이 기계도 아니고

일주일에 한 번도 쉬지 못한다는 것은
인간을 무시하는 것이 아니라
신을 무시하는 것 같다
죽어서 신 앞에 서면
그 죄 어떻게 감당하려고 그러는지 모르겠다
어느 시인이 아들 이름을
토일土日*이라고 지은 이유를
재벌회장이나 노동부장관이나 대통령은 알고 있을까

* 고 김남주 시인은 노동자가 금요일, 토요일, 일요일은 쉴 수 있는 세상을 꿈꾸며
아들 이름을 金土日(김토일)이라고 지었다.

동백꽃 붉은 숲속에 와서
—김남주 시인에게

나종영

사람들은 안다 동백꽃 숲속에 가면
겨울 시린 눈바람에
동백꽃 붉은 꽃잎 떨어져
무엇이 되는가를

사람들은 안다 동백꽃 숲속에 서면
바닷새 울음소리 끝에
무엇이 남아 핏빛 불꽃으로 피어나는가를

이 세상 아름다운 나라
꿈을 그리던 시인이 쓰러지던 날
이 세상 순결한 나라
세우고 싶었던 가슴 뜨거운 전사가 스러지던 날
이 땅엔 죽음보다 깊은 폭설이 내리고

사람들은 울었다

울음 끝에 가까스로 남아 있는
불씨에 매달려 울고 또 울었다
붉은 동백꽃잎 소리 없이 지고
사람들은 보았다 별 하나
이 땅의 큰 별 하나 떨어져
먼 하늘 어둠의 나라로 스러져 가는 것을

별 하나 지고 동백꽃 피고
또 별 하나 지고
동백꽃 붉은 꽃잎 무더기로 피어나는 것을

사람들은 보았다
멀리 봄이 오는 겨울바다
찬 별빛 쏟아지는 동백꽃 숲속에 서서
아직은 푸르른 깃발 내릴 수 없다는 것을.

농민 열사 백남기

나해철

경찰

최루액 대포

조준 직사

도로 바닥에 쓰러짐

계속 발포

사망

농민 열사 백남기

조의 바침

천당에서 편히

장례식장 경찰 봉쇄

시신 탈취 목적

부검 반대

병사 진단서

국가 폭력

진상규명 책임자 처벌

살인정권 규탄

책임자는 박근혜

통신문

남효선

해방 조선 염원 44년 시월 초이레
조선반도 한 귀퉁이 봉천동 달동네
스물아홉의 굳은살 박인 손등으로 눈물 찍으며
아름(3), 다롬(1) 눈물보다 고운 별 같은 맑은 눈을 가진
딸년 젖 먹여 뉘어 놓고
동반자살, 운전 노동자 시삼촌 아무개 씨가 발견
달동네에 밤이 들면
목숨보다 질긴 엎드려 잠이 든
딸년의 부스스한 머릿결에
은빛의 달이 부서지고 노동판 목공 지아비는 간고등어
한 손 들고 고갯길을 오른다
지금 날카로운 철조망 부근 백담사 주지 김 아무개의 이름으
로
전기 가설 중
반부처가 다 된 전 씨는 감자 캐던 흙 묻은 손으로
자가 발전기를 돌려 <청춘을 돌려다오> 엠비시 방송에
채널을 맞춘다

시월의 상큼한 바람을 가르고 외딴 섬에서 죽어간
고 이내창의 시신은
조선반도 원 맺힌 남녘 들을 날아날아
통일의 박동 멈춘 심장을 두드리며
사람들은 오열을 삼켰다
해방 조선 염원 44년 시월 초이레
죽음 주검 죽음주검 죽임 죽임 죽인다 죽여라
잠든 넋 두드려 깨워
혼불 놓아 지지며 쿵쾅거리며
쿵쾅거리며

홍시

—고현철을 그리며

동길산

얼마나 아팠을까 저 홍시
너를 떨어뜨린 게
너 꽉 찬 안이냐
너 텅 빈 바깥이냐

홍시 떨어진 거기
봄이면 감꽃 아무리 덮는들
얼마나 무서웠을까 저 홍시

우리의 어머니
—이소선 어머니께

맹문재

전태일을 아는 세상 사람들은
당신을 어머니라고 부릅니다

당신은 바늘구멍 같은 어머니의 길을
담대하게 걸어갔기에
불릴 만한 자격이 충분합니다

당신은 가난하고 힘없는 아들을 가둔 벽을 허물기 위해
죽음을 두려워하지 않았습니다
지혜를 아끼지 않았습니다
행동을 망설이지 않았습니다
희망을 버리지 않았습니다

당신은 만인을 살리겠다는 아들과의 약속을
'에미 노릇'으로 지켰습니다
당신에게는 배고픔도 슬픔도 고통도 분노도 외로움도

사랑이었습니다
독재정권의 연행도 구속도 구타도
사랑이었습니다
평화시장을 살리고 유가협을 세우고
노동자들의 눈물을 닦아주는 힘이었습니다

전태일을 모르는 세상 사람들도
당신을 어머니라고 부를 것입니다

당신은 만인의 해방을 위한 길을
오직 사랑으로 걸어갔기에
영원한 우리의 어머니입니다

천년의 하늘을 날다
―윤한봉 선생을 추모하며

박관서

먼 여름하늘을 본다. 비취색 바람을 타고 새하얀 학들이
날아간다. 제 몸보다 긴 목을 늘여 뒤를 바라보며 돌아보며
유유히 앞으로 나아간다.

처음에는 한 점 불빛이었다. 메마른 들녘에 흩뿌리는 한
바가지 똥과 오줌이었다. 그러하다. 돌아보라, 순한 이들은
항상 낮은 곳에 모여 산다.

어둠 속에 있으나 어둠에 젖지 않는 새하얀 뿌리와 뿌리들을
결구하여, 한평생을 한나절의 영욕으로 사는 이들이 휘두르는
서슬 퍼런 칼과 낫날에 밑동을 맡긴다.

베어라, 아무런 죄가 없으므로 아무런 모멸과 분노도 나의
것은 아니다. 태평양을 건너는 35일간의 밀항과 12년의 망명생
활 그리고 최후의 수배와 병든 몸으로 스멀스멀

스며들던, 살아남은 자의 부채인들 어찌 나의 것이었으리. 다만, 천년 사대의 습성으로 짓눌린 분단 조국의 통일과 민주화는 저네들이 내미는 빛깔 고운 먹이와

목줄에 매달린 안온함이 아니라, 너와 나 그리고 우리 안에 있음을, 청결한 속옷처럼 매일 매일 갈아입는 우리의 일상 속에 있음을 되새기라고

차라리 깨질지언정 구부러지거나 변색될 일 전혀 없는 고향 강진 청자 속의 학으로 새겨진 그가, 합수가, 맑은 눈빛과 기억으로 천년의 하늘을 난다.

모란공원에서

박설희

화살표 모양의 나무 표지판에 이름이 적혀 있다
전태일, 박종철 직진
문익환 왼쪽
김근태 오른쪽
이소선, 박래전, 조영관 ……
고달프고 처절한 한국현대사를 읽는다

이정표로 남은 당신들 앞에
이정표가 필요한 이들이 서 있다
열사들은 죽어 자라고
무성해지고
열사들의 삶을 받아쓰며
풀들은 생생해진다

"민주주의자 김근태의 묘"
빨간 폴라를 입은 조용한 시선
작은 거인의 모습

우리의 적은 어디에 있나

산자들은 이곳에서 길을 묻는다
길과 길 아닌 것

지금 서 있는 지점은 어디일까
김근태 선생까지의 거리는
멀어만 보이는 전태일 열사까지의 거리는
보이지 않는 강이 흐르고
산 자와 죽은 자를 잇는 산맥이 뻗어 있다

이슬을 밟고
소나기를 맞으며
축대를 넘어간다
절규하며 싸우고 있는 빗방울들이 온몸을 때린다

마석 모란공원

박완섭

민족 민주 노동 열사들의 영원한 고향
마석 모란공원에 첫발을 내딛는 순간
우리는 비로소 노동자임을 알 수 있다

우리가 누리는 이 땅의 민주주의는
정치인들이 입으로 꽃 피운 것도
자본가들의 자본이 풍요롭게 한 것도 아닌
모란공원 열사들의 값진 희생의 대가임을

당신이 이 땅의 노동자이든 아니든
한번은 순례의 땅을 밟고
열사들의 뜨거운 외침을 들어봐라

한 사람 한 사람
생전의 모습을 떠올리며 이야기해보라

목이 메어 눈물이 앞을 가리면

먼 산, 하늘을 보고 땅을 보라

새들이 지저귀는 봄 여름 가을 겨울의
소리를 들으며 걷는 모란공원
한번은 꼭 와 봐야 할 우리들의 고향
민족 민주 노동 열사들의 성지

이 땅의 모든 민중 노동자들의 집, 성채

고현철 형에게

배재경

형이 있는 곳은 어디인가요?

껑충한 모습으로 헛헛 웃음을 흘리시던 형,
아픈 형수의 몸이 좋아졌다고 실웃음을 보이시더니
그 웃음을 꼭 그렇게만 남기셔야 했는지,
황, 구, 고, 김, 배가 어우러진 합환주는
그곳에서도 위안이 될 터인데
형이 가고 우리의 합환주는 더 이상 나눌 수가 없습니다
남은 자들이라도 할 수 있으련만 그러지를 못합니다
고래고래 윽박지르며 고!고!를 외치지 못합니다
세상의 이치야 사람이 만드는 것인데
대관절 무엇이 형의 분노를 자극했는지,
형이 목말라한 민주의 퇴보는 오늘도 진행 중이고
형이 온몸 던져 외친 민주는 아직도 저만치 관망한 채 더디기
만 한데,
우리의 합환주는 언제쯤 가능할까요?

태풍이 이 땅을 쓸고 가 많은 사람들이 고통스러워합니다.
정작 데려가야 할 사람들은 안전지대에
잘도 은거해 있는데, 국민들은 이래저래
바람 따라 물결 따라 쓸려갑니다
폭우에도 끄떡없는 부산항대교를 바라보며
더딘 민주와는 반비례로 개발은 참 속도가 빠릅니다

가늘게 떨리던 바리톤 음색은 언제쯤 들을 수 있을지
우리가 머물던 산정엔 오늘도 쓸쓸한 바람만 맴돕니다
조만간 고!고!를 외치는 회포를 풀어야지요.

죽어가는 모든 익명에 생명의 이름을 부여하라

백무산

노동자는 죽지 않는다,
폐기된다!
노동자는 죽지 않는다,
증발한다!
노동자는 죽지 않는다,
의문 속으로 사라진다!

노동자는 그저 익명의 수량이었을 뿐이다
노동자는 그저 무리의 부피였을 뿐이다
노동자는 그저 집단의 무게였을 뿐이다

그건 문제가 되지 않는다
소나 염소에겐 수량만 문제가 될 뿐이다
사육 두수만 문제가 될 뿐이다
그들은 죽지 않고 도살된다

존재가 불확실한 자들은 죽음도 불확실하다
우리는 누구인가
기계인가 비용인가 노예인가 자본인가
인간인가 소모품인가
불확실하다, 노동자는 모든 게 불확실하다
수량으로 처리되는 삶은 불확실하다
저울로 처리되는 죽음은 익명의 죽음일 뿐이다
삶을 빼앗긴 자는 죽음도 잃어버린다

노동자의 죽음은 모두 타살이다
노동의 생명은 야금야금 타살된다
졸지에 타살된다
오늘 하루 일곱 명의 노동자가 죽고 수백 명이 병신이 된다
질병과 절단과 마모와 해체와 오염으로 폐기된다
살아남은 노동자의 목숨도 서서히 증발된다, 서서히 타살된
다

노동자의 모든 죽음은 합법적인 의문사다
그래서 아무리 찾아도 없다, 샅샅이 뒤져도 없다
모든 수단 방법 다 동원해도 찾을 수 없었다
백주대낮에도 보이지 않는 존재였기에, 죽음은 더더욱 확인
할 수 없었다
끝내 해명할 수 없었다

여기 한 인간으로서의 노동자가 있다
익명의 수량을 거부하고, 강요된 기계의 신체를 거부하고,
자본이기를, 노예이기를, 비용이기를 거부하고,
온전한 인간으로 살기 위해 싸워온 한 인간이 있다
그를 보내기 위해 우리가 가장 먼저 할 일은
그의 삶에 대해서 말하는 일이다
노동자의 삶에 대해서 말해야 한다
이 불확실한 삶이 누굴 위해, 무엇을 위해 뼈 빠지게 생산했나
우리가 노동자인 채 인간다운 세상을 살 수 있는가?
노동은 신성한가? 자본의 생산노동은 인간적인가?

노동자의 피와 땀이 역사가 되었다고?
노동자가 저 찬란한 인류의 문명을 일으켰다고?
더러운 자부심은 접어라
그 자부심이 우리를 불확실하게 만들었다
노동자가 얼마나 하찮은 쓰레기인가를 말하라
어떻게 강요당했으며 또 허용했는가를 말하라
우리가 왜 몸과 정신을 내어주었는가를 말하라

그의 죽음, 우리의 죽음을 끝내 찾아 밝혀내야 하는 이유는
노동자의 불확실한 삶을 밝혀내어야 하기 때문이다
그리고 모든 익명에 생명의 이름을 부여하기 위해서이다

* 1987년 민주노조 투쟁 과정에 실종되었다가 유골로 발견된 고 장경식 열사의
장례식이 23년이 지난 2010년에 열렸다. 이 시는 죽음의 의문을 다 밝히지 못한 채
치러진 열사의 장례식에 조시로 낭송되었다.

풀의 감정
—고 백남기 열사를 추모하며

서안나

슬픔은 근육질이다
아프면 비밀이 다 보인다

자연에도 뼈가 있다
풀에도 뼈가 있다

풀을 뽑으면
풀의 뼈가 보인다
베어도 베어낼 수 없는 풀의 뼈

죽은 것은 죽은 것이 아니다
풀을 버려 풀이 되는 이치
가끔 S자로 넘어지는 실패는 아름답다
풀 속에 넘어진 얼굴이 들어있다

땅을 움켜쥔

풀 속의 뼈
어둠을 긋는다
공중으로 치솟아 오르는
뼈 속의 빛

슬픔은 내게로 와서 빛이 되었다
당신과 나의 노래처럼

아프면 비밀이 다 보인다
풀이 풀을 끌고 온다

정의의 이름으로

—한상용 열사

성향숙

세 장의 유서를 작성하고
오직 정의를 생각했다

때론 천둥에도 날아가지 않는 나비였다
때론 창공 높은 구름이었다
한낮의 풀잎 끝 영롱한 이슬방울이었다

누군 돌멩이가 되자고 했지만
난 늘 푸른 한 그루 나무가 되고자 했다

무장무장 구름에 닿아라
영롱한 이슬방울들 오래오래 살아있으라
예쁜 꽃 피울게 나비야 날아와 춤추어라
짙은 그늘 만들어 줄게 아이들 놀러와 재잘거려라

저 꽃 저 붉음 변함없고

나무도 푸른 그늘도 정의를 위한 존재라고
종이학을 접어 염원했지만

끝내 다다를 수 없어
끝내 잡을 수 없어
끝내 만져지지 않아
까맣게 타들어가는 갈증의 뜨거운 입술

정의를 불살라
학생회관 3층으로 올라갔을 때
발걸음이 닿지 않는 곳의 나무와 눈부신 가을볕
발걸음이 닿지 않는 곳의 신비*

* 한상용 열사의 낙서장에서

이 땅에 온 농투성이 예수
—고 전용철 농민을 추도하며

송기역

지금은 남의 땅 빼앗긴 들녘을 걸어가는 한 사람,
저가 누구인가?
대추리 황새울 들녘, 주교리 배다리 울개 들녘,
갈라진 논바닥에 눈물 고여 삭풍마저 매서운 들녘
바람마저 곡소리로 떠도는 들녘
처자식도 없이 홀로 걸어가는 저가 누구인가?
오지 않은 봄을 찾아 홀로 나선 저가 대체 누구인가?

1962년 지천에 흐드러진 보리 새싹처럼 언 땅을 녹이며
흙에서 태어났다. 봄보다 먼저 나왔다.
어머니는 대지였고, 아버지는 농부였다.
할머니는 태를 태워 보령 들녘에 묻기도 하고
태 항아리에 담아 두기도 했다.

가슴에 어머니 말씀 항아리를 담고 자랐고
인천직업훈련원을 나와 철도청에서 일했다.

꿈을 꾸었다. 꿈길이었다.
선로를 따라 보리 푸른 들녘을 달려
평양역 철도 노동자를 만나
대동강역에서 신의주역까지 다녀오곤 했다.
살아서 가보지 못한 땅을 꿈길에서 달렸다.

고향 그리운 날은 어무이역,
고된 야근으로 술병을 끼고 잠든 날은 아부지역,
생각하면 괜스레 쑥스러워지는,
있지도 않은 파꽃 같은 아내역
그 다음 역인 용철이역까지 다녀오곤 했다.
살아서 얻지 못한 아내를 꿈속에서 만나기도 했다.

땅 깊은 곳에서 소리가 들렸다.
메마른 저 들녘, 상처 입은 들녘이 그를 불렀다.
산을 넘고 강을 건넜다.
보령땅에 도착해 가슴 가득 들녘 바람을 들이마셨다.

버섯처럼 작은 지붕 아래
있지도 않은 파꽃 같은 아내와의 살림을 꿈꿨고
초가지붕처럼 비를 피해줄 커다란 버섯을 키웠다.

목숨 같고 자식 같은 알곡들이
몹쓸 가라지 마냥 내동댕이쳐지고
누군가의 저녁상에 한 공기 밥이 되지 못한다면
다시는 들이 없는 땅에 가지 않겠노라 언약했다.

지금은 남의 땅 빼앗긴 들녘을 걸어가는 한 사람,
저가 누구인가?
칠흑같이 어두운 새벽길 홀로 걸어가는
저가 정녕 누구인가?

풀 한 포기 꿈꾸지 않는 땅 여의도였다.
가지 않으리라던 다짐도 잊고

한달음에 내달렸다.
더는 물러설 수 없는 절벽 위에서
기도하고, 외치고, 부딪히고, 싸웠다.

여의도 개발을 위해 밤섬을 폭파하던 날처럼
흙에서 난 생명들이 울부짖었다.
방금까지도 동지들과 함께 함성이었던 그가
외마디 비명이 되었다.
다시 함성이 될 비명을 남기고 뿌리가 되었다.
방패마저 무기가 되는 땅 여의도에서
그를 데려간 자 누구인가?
그가 살아 누리지 못한 내일을 누가 되찾을 것인가?
11월, 굴욕의 달력을 되넘길 자 누구인가?

남은 세월의 몫까지 다 살아버린 자여.
그렇게 혼자 가려고 남의 몫까지 두 배, 세 배로 땀 흘렸던가?
누군가 애통할까봐 파꽃 같은 아내도 얻지 않았던가?

친구가 외로울까봐 매일 밤 동지들을 위해 기도했던가?

한없이 멀리 가려고 낮은 것들의 잎사귀 하나까지 부여잡고 눈물 흘렸던가?

그렇게 서둘러 가려고 그토록 바삐 투쟁했던가?

그렇게 빨리 가려고 그토록 사랑했는가?

몹쓸 세상에 쓰러진 모오든 것들

그토록 사랑했는가?

알알이 성글게 맺힌 쌀알이 되어

밥이 되어 우리에게 들어오라.

북녘 아이들에게 김 나는 한 공기 밥이 되어라.

논바닥처럼 갈라진 인류의 가슴속 일용할 양식이 되어

더운 피가 되어라.

꿈꾸는 자의 들녘이 되고

꿈 잃은 자의 꿈이 되어라.

그리고 다시는 울며 여의도에 가지 말아라, 다시는.

지금은 남의 땅 빼앗긴 들녘, 수의를 입고 걸어가는 한
사람,
　　장례도 없이, 죽어 죽지 않은 저가 누구인가?
　　관을 들고 걷는 저가 누구인가?
　　자신의 십자가를 들고 걷는 저가 누구인가?
　　산처럼 선한 저의 두 눈은 무엇을 보았는가?
　　손톱 부서진 저의 두 손은 무엇을 위해 기도했는가?
　　갈라지고 고랑진 저의 두 발은 어느 곳을 향해 걸었는가?

　　어찌하여 저는 홀로 걷는가?
　　누가 저와 함께 삭풍의 들녘 겨울을 건널 것인가?
　　그는 이 땅에 온 농투성이 예수.
　　누가 저와 함께 우리들의 갈릴리
　　이 땅의 들녘을 거닐 것인가?

　　갈릴리, 갈릴리로 가자
　　갈릴리로 가자. 갈릴리로 가자.

탯줄을 찾아라.

탯줄을 이어라.

갈라진 논바닥에,

쓰러진 볏단에.

탯줄을 이어라.

탯줄을 타고 온 들녘을,

모든 광야를 내달려라.

탯줄을 타고 들녘 끝까지 그의 소식을 전하라.

찾아라!

이어라!

그의 탯줄을 타고 봄을 부르자.

우리가 먼저 가서 부르자.

갈릴리로 가자.

가서 봄을 부르자.

우리 대신 그가 먼저 찾아 떠나간

우리들의 봄을.

떼여노민

—고 고현철 교수 1주기를 추모하며

송 진

그는 멀리 갔다
우리는 모여 그를 추모하고 있다
그는 멀리 갔지만 가장 가까이 우리 곁에 남아 있다

고 고현철 선생님, 부디 편안히 잠드소서

그는 가도 우리는 먹는다
하얀 백설기를 토마토 주스를 햄샌드위치를 명랑핫도그를

그는 가도 우리는 듣는다
남성중창단의 헌창을
<청산에 살리라>
<내 영혼 바람 되어>

그는 가도 우리는 본다
강미리 교수의 헌무를

그는 가도 우리는 스쿨버스를 탄다
부산대 제1도서관 고현철 교수 문고 개소식에 참석하기
위해

그는 가도
배롱나무는 진홍빛 담배 한 가치 물고 있다

그는 가도
초록 아이비는 가을 하늘 목화솜물결구름처럼 피어나고
있다

부산대학교 인문관 필로티 오후 3시

장미 네 송이 붉은 핏물 흘리며 서 있다

우리는 지금 그가 걸어간 길이 역사인, 한 혁명가를 보고 있다
—강희철의 영전에

신현수

우리는 지금 그가 걸어간 길이 역사인, 한 혁명가를 보고
있다.
우리가 지나온 거의 모든 길을 열어 왔으나
우리가 지금 가지고 있는 거의 모든 것을 만들어 왔으나
그 자신은 단 하나도 갖지 않고 표연히 이 세상을 떠나간
단 한 사람을 보고 있다.

우리는 늘 목숨을 바친다, 입버릇처럼 말해왔지만
우리는 늘 목숨을 건다, 노래 불러왔지만
그러나 정말로 목숨까지 내놓을 생각은 없었지만
함께 사는 세상 만드는 데 정말로 목숨을 바쳐버린
단 한 사람을 보고 있다.

후배들에게 너무나 엄격했고
선배들 앞에서도 바른 소리 주저하지 않았으나

그것이 그 개인의 이해관계가 아니라
원칙에 어긋나는 일에 대해서만
반드시 공적인 일에 대해서만
그렇게 불같이 화를 냈던
단 한 사람을 보고 있다.

그러나 후배들을 야단치고 나서
선배들에게 옳은 소리를 하고 나서
사실은 자신이 더 아파했던
그래서 반드시 따로 만나
다독이고 마음 풀어준
단 한 사람을 보고 있다.

우리는 개인의 일이 아니라, 돈버는 일이 아니라
이 민족의 미래를 여는 일로, 이 겨레를 살리는 일로
한 달에 20일 이상이나
제주로 목포로 전주로 군산으로

광주로 진주로 부산으로 울산으로
경산으로 대구로 대전으로 천안으로
춘천으로 원주로 서울로 인천으로
그리고 금강산으로
방방곡곡 출장을 다닌
단 한 사람을 보고 있다.

그러면서도 절대로 책과 잡지를 손에서 놓지 않았던
매체가 세상을 바꾸는 유력한 수단임을 알았던
그래서 월간지 『아름다운 청년』을 직접 제작하기도 했던
좋은 노래를 만들어 부르는 일도 소홀하지 않았던
그래서 그 스스로 대중가요 듣는 일까지 게으르지 않았던
영화가 가진 폭발적인 파급력에 주목하고
의미 있는 영화들을 하나도 빠뜨리지 않고 보았던
문예가 이미 무기임을 알았던
단 한 사람을 보고 있다.

자신이 터득한 것들을 하나도 남김없이
모든 이에게 나누어준
우리에게 세상을 보는 법을 일러준
우리에게 사물을 듣는 법을 일러준
단 한 사람을 보고 있다.

하나밖에 없는 딸 승연이를
참으로 끔찍하게 생각했던
아 자기가 살날이 얼마 남지 않았음을 알았던
딸에게 줄 사랑이 참으로 다급했던
단 한 사람을 보고 있다.

우리는 지금까지 42년 동안
단 한 번도 흔들리지 않고, 뒤돌아보지 않고,
앞만 보고 묵묵히,
뚜벅뚜벅 자기 길을 걸어온 단 한 사람을 보고 있다.
그리하여 우리는 지금

그가 걸어간 길이
자주와 민주와 통일의 길이었던
그리하여 우리는 지금
그가 걸어간 길이 역사인,
한 혁명가를 보고 있다.

낮달

심우기

참배하는 이보다 훨씬 어려 보이는 앳된 청년의 얼굴
열사라 불리는 형
영정사진으로 남아 있는 형
반백의 머리로 야생화 무덤에 서서
채찍질하듯 경원의 전사*에게를 읽는다
양복바지에 배 나온 중년의 남자와 여자들이 모인다
구겨진 깃발을 묘비 앞에 펼치고
빛바랜 조화만큼 오랜 시간이다
시퍼렇던 혁명과 자유를 꿈꾸던 형
가슴에 커다란 불덩이로 역사의 불이 된 형
모순과 부조리 가득한 땅 같이 달리며 꿈꾸던 내일을 가지고
오자더니
타도해야 할 부패와 불의의 높은 벽은 여전히 있다
형으로도 잊지 않고 바람에도 꺼지지 않는 불씨로 살아
이렇게 형보다 더 오래 살아 모질게도 살아
남은 자 되어 같이 바라보던 낮달을 오늘도 찾는다

* 경원의 전사: 송광영 열사의 유서

95

살아 스무 살 청년아, 죽어 스무 살 청년아!

— 고 김영균 열사 20주기 추모제에 부쳐

안상학

너는 살아 스무 살 청년으로 갔었지
펄펄 끓는 불기둥 우뚝 살아서 갔었지
세상 어느 물로도 끌 수 없는 불길로
떨쳐 일어나 갔었지
민주의 제단에 바친 수많은 목숨들 뜻이
물거품으로 사라질 때
분연히 일어난 들불의 전진에 불을 댕기며 너는
뚜벅뚜벅 걸어갔었지

너에게 불을 놓은 배후는 오직 하나
기나긴 독재의 끝에서 만난 참혹한 어둠
백주대로가 더 캄캄한 기만의 시대였지
너의 외침은 오직 하나
햇살이 더 어두우니 두 눈 똑바로 뜨고 보라고
캄캄한 백주대로를 밝혀준 불타는 종이었지

피 끓는 절규로 타종한
이글거리는 종소리였지

살아 스무 살 청년아
죽어 스무 살인 청년아
지금 너는 어디선가
못 다한 공부도 하고 연애도 하며
참하게 살아가고 있겠지 믿는다만
행여 이 땅일랑 돌아보지 말아라
이게 뭐냐고, 도대체 무엇들 하느냐고
행여 두 번 다시 불을 놓을 생각일랑 말아라
잘못됐다 잘못했다 잘못이다
그래, 이 땅은 지금 청년들이 불꽃도 없이 투신하고 있다
그래, 이 땅은 지금 산과 강들이 생매장 당하고 있다
이 땅의 아픈 사람들은 여전히 아프다
갈라선 이 땅은 여전히 하나가 아니다
그래서, 여전히, 너의 꿈은, 서럽게도, 유효하다

살아 스무 살 청년아
죽어 스무 살 청년아
그립지만 떼쓰지는 않을란다
혹 네가 이 땅을 돌아보게 될까봐
사랑하지만 매달리지는 않을란다
혹 네가 다시 불을 놓을까봐
예전처럼 삼삼포장으로 소매 끌고 가고 싶지만
울고불고 하지는 않을란다
미안하다, 미안하다, 미안하다
강산도 두 번 바뀔 이십 년이면
오늘 같은 날
신명나게 노래라도 거방지게 불러 제치고
한 판 춤이라도 추어야 직성이 풀리겠지만
아직도 너를 추모하는 자리는 슬픔이다
여전히 너를 추모하는 자리는 노여움이다

그래도 가야겠지

지랄 같은 희망

세상에서 가장 진부한 희망

세상에서 가장 오래된 희망

그 모든 것이 아직이 나도 여전히 존재하는 희망

너의 유효한 꿈을 들고 우리는 가야겠지

보이는 것은 희망이 아니야

보이는 것은 희망이 아니야

밤낮없이 캄캄한 이 시대에 너의 불꽃을 찾아가야겠지

너의 불꽃 종소리에 귀 기울이며 가야겠지

살아 스무 살 불꽃이 된 청년아

죽어 스무 살, 그냥 스무 살이면 좋을

아까운 청년아

모란공원

유경희

한 소년이 태어나 마음속에 하나의 신념을 심고
그 신념에 한 점 부끄럼 없이 살다가
민주주의는 피투성이라는 것을
뼈마디가 골절되는 고통이라는 것을
지상에 적고 갔다.

삶과 죽음이 팔레트의 물감처럼 섞이는 허공에
청년 하나가 앉아서 우리를 본다
그가 아프게 몸을 바꾸고 있다
삶의 광장에 누구도 아니고
아무도 아닌 사람들이 모여서
낯설어서 해독할 수 없는
자기 삶을 들여다본다.

똑같은 북소리에
발을 맞추는 사람들을
허공의 그가 내려다보다가

더 고요한 곳에 있는
사람이 태어나고 죽는 곳으로
시선을 돌리는 것이 보인다.

비보悲報

유순예

날짐승의 횡포와 맞서다 여기 공원묘지에 세 든
나는 한때
자본가의 먹살을 움켜쥐다 나자빠진 노동자였지

   속 다 비우신 어머니와, 세상물정 모르는 아내와, 어린 아들
에게 민주주의 사회를 보여주고 싶었지 비루한 정부를 향해서
비장한 각오로 대응했었지 정기집회를 마친 동료들과 소주잔
을 기울이다 온 날은 갑갑하던 속이 시원했었지 쥐도 새도
모르게 잡혀간 이후 소식을 모르겠다는 선배 이야기를 듣던
날은 분통이 터졌었지

   간신히 뻗은 두 다리를 스스로 오므릴 수 없는, 나는 지금
가만히 누워만 있어도 봉분 밖 소식들이 들려오지 산 자들이
가끔 와서 따라주고 가던 술맛은 잊어버린 지 오래 되었지
언제였던가, 소나기 한바탕 휩쓸고 지나가더니 사방이 뒤숭숭
해졌지 때때로 찾아와서 살펴주던 바람이 내 비석에 붙은
비보를 읽어주고 갔지

위 묘소는 관리비가 미납되었습니다 묘지 관리에 어려움이
있사오니 조속히 납부하여 주시기 바랍니다 (상납하지 않으면
내쫓겠다) -모란공원 관리소장

군데군데 파헤친 흔적이 우중충하게 남아 있는
저기 저 공터들처럼
나 또한 공허하게 쫓겨나야 할 판국이지
죽어서도
날짐승의 횡포에 끽소리 못하는
나는 민주열사가 아닌, 특3-01075 녹초일 뿐이지

산정만가 山頂輓歌 3

이규배

아픈 나무의 가지에 새순이 밀려나오던
환희와도 같이
줄을 지어
투신
하는
잎
사
귀
들
자국 자국 물을 들이던
노을은 암벽 깊숙이 빨려 들어가
죽음 속 타던 사무침이
솟아남을 어쩔 수 없다, 아
숲속, 숲속 떨고 있는
나무들의
마음
붉디붉은 잎새,

날물이 가고 들물이 오고
바다가 부른 둥근 달빛이
강물을 거슬러
암벽의 마른 꽃대를 안고 죽은
산정^{山頂}의 풀여치
노래를 비춘다
바람의 목을 조르는 벼랑의 어둠을
잘라내는 달빛 소리에, 아
숲속, 숲속 떨고 있는
나무들의
심장,
붉디붉은 잎새여!

비명
—모란공원에서

이영숙

가까스로 차는 멈췄다 관성과 마찰력이 제로가 될 때까지
브레이크를 붙잡느라 콘크리트 바닥에 낯을 뭉갠 타이어 역사
는 비명 이전과 이후로 나뉘었다

갈필의 스키드 마크에서 열기는 가시지 않았다 점점 뜨거워
져갔다 사람들이 불을 쬐러 모여들었다 심장을 꺼내 담그면
전류가 흘렀다 피눈물이 피눈물을 닦아주었다

종잇장만 한 웅덩이에 소금쟁이가 날아왔다 물의 귀퉁이를
잡아 늘려 반반하게 펼쳐놓고 먹이를 기다리듯 유리 같은
나날을 보내면서도 그는 기대수명을 다 채울 것이다

돌판에 새겨진 생졸연도만큼 감각적인 건 없다 생과 졸
사이를 한마디로 요약한 문장이 달려나온다 생시의 톤으로
받아 읽으며 산 자는 제 모서리를 다시 한 번 벼린다

부활
—전태일

이은봉

타오르는 불더미 속으로
잘 익은 살내음 속으로
그는 갔다 손을 흔들며
어금니를 깨물며
그는 갔다 환한 얼굴로

이제는 당신의 십자가
당신의 기름진 아랫배
편치 못하리라 어떤 모습으로든
그가 돌아온다
뜨거운 함성이 돌아온다

그의 잘 익은 근골 속으로
타는 눈물이 흐른다 기쁨이 흐른다
노동으로 단련된 구릿빛 내일이
사랑이 흐른다 일찍이 어디

이처럼 벅찬 그리움이 있었더냐
아픈 희망이 있었더냐

우리들 성긴 밥상 위로
보라 그의 구수한 광대뼈가 돌아온다
떡으로 밥으로
다수운 고깃국이 돌아온다
진수성찬이 돌아온다.

지금은 아직 슬퍼하지 말아요

—광주 5·18 민주화운동, 고 윤상원 열사에게 바침

이인범

그날 밤 당신은 외쳤지요
"고등학생들은 총을 버리고 나가라
반드시 살아남아야 한다
민주주의와 민족통일의 빛나는 미래를 위해서"
그런데 지금 자본과 권력은 말합니다
"가만이 있으라 자리에서 대기하라"
아이들을, 그 밝고 어여쁜 학생들을,
펄펄 뛰노는 영롱한 생명들을
어둠으로, 공포로, 죽음으로 몰아넣지요

지금은 아직 슬퍼하지 마세요
눈물이 앞을 가려서는 안 됩니다
부릅뜬 눈으로 분노해야 합니다
내 무덤 앞에서 울고 있지 마세요
난 아직 잠들지 않았어요
흔들리지 말자던 깃발들은 지금

어디에서 나부끼고 있습니까?
"굴욕적인 지상에서의 삶에
마지막 굵직한 종지부를 찍자"던
내 영혼은 그 깃발들에 스며 있어요

우리들 맹세와 함성은 흩어져 있나?
저 눈부신 푸르름 속에
빛나는 이 땅의 4월과 5월에
권력과 자본의 야욕과 음모와 잔인이
거미줄처럼 칡넝쿨처럼 뻗어 있어요
우리들 맹세와 함성은 숨어들었나?
이 땅의 민중은 애타게 깃발을 찾고 있어요
새날이 올 때까지
아직은 슬퍼하지 마세요
영혼이 깃든 깃발 아래 서서
눈 부릅뜨고 아직은 소리쳐야 해요
"민주주의와 민족통일의 빛나는 미래를 위해서"

김남주 열사의 묘

이철경

피로 물든 망월동 5·18 구 묘역에서
부릅뜬 열사의 눈빛을 보았네
붉은 띠 두른 묘비에
처절하게 살다간 시인의 초상
온몸을 불태워 나라와 민족을 사랑한
시인의 영혼*이 깃들어 있었네
열사가 흘린 피와 눈물의 역사를 찾아
투쟁의 흔적을 찾아
남해를 돌던 그해 한여름,
해남 봉학리 작은 마을에서
생가를 지키는 동생 김덕종 만났네
작열하는 태양도 당신의 의지를 꺾지 못하듯
페달을 밟아 도착한 그곳엔
여전히 열사의 한이 서려 있었네
작은 공원을 돌아 간소한 방
소박한 우물을 들여다보며
긴긴밤 독재에 대해 문학에 대해

치열한 분노로 써내려간
「학살」이 귓전을 때리네
그 헛되지 않은 독재와의 투쟁에서
더는 뒷걸음치지 않을
민주주의여! 피맺힌 자유여!
그 절규 소리가 다시 들리는 것은,
역사를 되돌리려는 반역의 물살
농민 노동자만이 아닌, 모두가
분노하는 작금의 한국 사회가
당신의 혼을 다시 부르네
자유를 갉아먹는 반역의 현실에서
남주 열사 되살아나네

* 김남주 시인 묘비명

너의 심장은 식었다

임성용

너의 심장은 식었다.
너의 얼굴을 쓰다듬고
너의 심장에 손을 얹고
날로 수많은 심장이 쌓여가는 대지에서
우리는 너의 심장에 어떤 이름을 써 넣어야 하나?

동지여!
해방 세상에서 다시 살아오라!

그 긴 기다림으로
그 애달픈 그리움으로
너의 심장에 우리는 무슨 빛깔의 꽃잎을 던져야 하나?
이미 죽어버린 심장이 또 다른 심장의 영정을 들고
너의 심장을 밤낮으로 함께 호흡하러 오리라.
심장이 심장을 부둥켜안고
억압과 착취와 자본의 심장에 못을 박는다.

너의 강고한 못을 우리들의 손으로 박기까지
너의 세상은 어디에도 없고
네 젊음의 질량은 여전히 무겁고
네 심장의 온도는 여전히 뜨겁다.
누가
이런 날이 올 줄을 상상이나 했을까?
돌이 되어 돌의 뼈로
돌이 되어 돌의 심장으로 누운 너를
우리가 찾아와 고개 숙일 줄을
나는 역사의 주인입니다.
돌의 혈관 속에 흐르는 너의 자랑찬 말을
자꾸만 부끄럽게 되뇌어 부르게 될 줄을……

봉분꽃
—열사의 묘지에서

전비담

한 죽은 자의 음성이
만고를 헤매며 꽃으로 피는
그런 원죄

꽃이다
기어코 핀 꽃
죽은 자와 산 자를 뒤바꾸는 꽃
원죄와 가장 착하게 화해한 꽃
치욕과 당당히 화해한 꽃

제 십자가 노래 부르다 지면
꽃으로 피는구나 죽음을 앞서 살아내었으니

초대장이 피는구나
죽은 자 살아나
산 자를 초대한다

나의 노래 이어
너의 십자가 부르라

저승이 이승을 제사한다
이승의 축문祝文을
묘비여 노래하라 노래하라
죽음으로 필 노래를 노래하라
소리 없는 명령 피어난다
소지燒紙의 재 날아오르듯

가시관 씌워지고
쇠못 같은 물기둥
수천 볼트 전류에
매일 능욕당하고
조롱당한
노래가 지면 꽃이 핀다

남은 자 부끄러워 불러 갚을

그런 영원

그런 원죄

날 저물어도

흰한 영원

흰한 원죄

흰한 꽃

모란공원, 사계

정기복

모멸이 얼음 덩어리로 박힌 가슴팍으로나마

기어이 오면

이 언덕엔 어느덧 노랑제비꽃 피었다

멸시와 비웃음 뒹굴고 비겁과 굴종이 길에 차이는 발걸음

이곳에 오면

두터운 먹장구름 아래 곧추선 물푸레나무 서슬 푸르다

구르는 비애와 날리는 체념 끝에

이곳에 오면

짧게 살아 푸른 잎, 끝끝내 살아낸 붉은 마음 어우러져
피었다

북풍한설 서리 내려 무덤을 덮고

죽은 듯 산 듯 허깨비처럼 걸어

얼음장 밑 흙살에 가 박힌다 한줌 제비꽃 피워 올릴 뿌리
하나

봄나물
—이한열 열사 묘소 앞에서

정세훈

돌짬 돌틈
비집고
사이사이
얼굴 내밀었구나.

못난 듯이.

꺼지지 않는 불꽃
―전태일 평전을 읽고

조광태

식구들이 뿔뿔이 흩어져도
가난해도 절망해본 적 없습니다
어떻게든 살아보겠다고 발버둥쳤습니다

어머니 누이동생들을 위해 닥치는 대로 살았습니다
가슴속에선 굳어지는 가난의 굴레 벗어던지는 꿈을
모두가 행복해지는 꿈을 위해 우리는 믿음과 사랑이 있어야
합니다

평화시장의 착취와 고된 노동을 넘어서고 이겨내기 위해선
현실의 벽을 무너뜨리고 아득함을 부당함을 이겨내기 위해
선
싸워서 이겨내는 결심이, 함께하는 마음이, 단단하고 잔인해
야 합니다

앞도 보이지 않는 칠흑 같은 어려운 상황에서 목숨을 내건

121

단호한 투쟁이 아니고선 아무것도 이룰 수 없다는 것을
알았습니다

억압의 벽 아래 인간의 고통에 대한 모든 인간적인 관심을
포기하고
침묵하고 있는 사회의 저 두터운 무관심의 벽을 깨뜨리는
것도
진정서나 말로 하는 호소로 가능한 것이 아니라
오직 불타는 육탄의 항의로 가능하다는 것을 깨달았습니다

육탄의 불꽃은 억눌린 모든 사람을 마음껏 통곡하게 하고
그들의 위축과 좌절을 떨쳐버리려고 일어서게 하려 희망을
품고 일어서게 하려고
칠흑 같은 어둠 속에서 불꽃은 모든 사람들의 눈 속에서
타오르게 할 겁니다

불꽃이 아니면 잔인한 침묵의 긴 밤을 밝힐 수가 없어서

고통의 길로 끌려가는 노동자들에게 삶의 길을 비추는 것은 오직 불꽃일 뿐

불타는 노동자의 육탄일 뿐 얼음처럼 굳고 굳은 착취와 무관심의 질서를

깰 수 있는 것은 죽어가는 노동자의 참혹한 모습을 적나라하게 고발하는 불꽃

사무친 덩어리 분해하기 위해 아름다운 색깔의 향을 피우는 불꽃

서로 간에 사랑을 나누면서 진실을 위해 목숨 걸고 저항하는 불꽃

어리석어 채우려고만 하는 욕심과 미워하는 마음 태우는 불꽃

이 목숨을 거는 불꽃은 온 누리 비추는 불꽃은 노동자의 사랑이다

인간답게 살려는 삶의 의지의 폭발이다

근로기준법이 있어서 노동자가 살 수 있는 게 아니라

근로기준법 때문에 노동자의 참상이 더욱더 숨겨져서
한 장의 휴지조각 8시간 노동제는 다 무엇이며
주휴일, 야간작업 금지, 시간 외 근무 수당, 월차, 연차 휴가,
생리 휴가,
해고 수당, 따위가 다 무엇인가 누구를 위한 법이고 무엇을
위해 존재하는가?

이 목숨 바쳐 세상이 좋아진다면 노동해방을 이룰 수 있다면
어린 여공들이 어린 영혼들이 잔인하게 물어뜯기는 정글
속에서
영혼들의 자유로움 영혼들의 노동해방을 위해
우리가 꿈꾸는 세상 여는 불꽃이 되렵니다.

잔잔하고 깨끗한 가슴속에 설레는 꿈 담아보기도 전에
푸른 하늘 마음껏 바라보면서 웃음 가득한 시절 가져보기도
전에
좁은 다락방 피복 공장에서 조끔씩 생을 물어뜯기며

목숨보다 귀한 제품을 만들고 며칠 밤을 꼬박 새우게 하는
잠 안 오는 약 때문에

눈은 멀뚱거려도 코피 쏟으며 몸을 움직이지 못하는 저
모습 차마 바라볼 수 없어

보잘것없는 나약한 나의 힘이 불끈 두 주먹 쥐고 세상을
향해 울부짖지만

잘못된 세상은 현실의 벽은 무너지지 않아서 주저앉곤 했습
니다

주저앉을수록 견딜 수 없는 육신의 고통은 독하게 일어서는

밑거름이 되어 어린 여공들을 위해 16시간 노동으로 죽어가
는 미싱사들을 위해

노동해방의 꿈이 단단하게 박혀서 고혈을 빨아 자본의 기름
기가 반지르르한

저들의 의식을 바꾸려고 일한 만큼 대가 지불하고 장시간
노동 안 하고

시간 외 수당 지급하는 의식으로 바꿔놓기 위해 일어선다,

불꽃으로 일어섭니다

지금도 눈가에 어른거리는 각혈하는 어느 미싱사
먼지구덩이 속에서 습관처럼 일만 하는 저들 하나같이 형광
등 불빛 아래
회색 얼굴로 16시간 노동을 날마다 해도 손에 쥐는 것은
무엇인가
의지할 곳 없는 어린 영혼들이 가난의 굴레 짊어진 약점
움켜쥐고
함부로 부려 먹으면서도 더 깊이 수렁 속으로 밀어 넣고
고혈을 빼는 저들입니다

이제 이 고통을 빨리 끝내야 하는데 우리가 믿고 의지해야
할
노동청 근로감독관은 가장 믿지 못할 존재가 되어 모두가
한통속이 되어
숨통을 조여 오는 짐승 같은 저들을 위해 깨끗하고 순수한

여공들을 위해

　내 몸에서 피어나는 불꽃은 훨―훨 타오르는 불꽃은 무지의
어둠을 밝히고

　여명의 새날은 노동해방의 붉은 태양을 솟아오르게 할 겁니
다

　이 결단을 두고 오랜 시간 망설이고 괴로워했습니다.

　노동해방의 꺼지지 않는 불꽃이 되기 위해

　지금 이 시각 완전한 결단을 내렸습니다

　나는 돌아가야 합니다. 꼭 돌아가야 합니다

　불쌍한 내 형제 곁으로 내 마음의 고향으로

　내 이상의 전부인 평화시장 어린 동심 곁으로

형산강 다리, 해방의 다리를 건널 때까지
―하중근 동지

조선남

살해당한 하중근 동지의 서러운 넋은
끝내 형산강 다리를 건너지 못했습니다.

살인자도 살인교사도
진압을 명령했던 진압군의 수뇌부도
끝내 나타나지 않았습니다.
치료가 끝나지 않은 부상당한 동지들은
다리를 절며 병원을 오가고, 다친 상처보다
피가 솟구치는 분노를 삭일 수 없는
먹먹한 가슴이 더욱 아픕니다.

세상의 밝은 빛 한 번 보지 못한
우리 아가의 어린 영혼은 어디에 떠돌고 있을까
이대로 끝났는가.
참혹한 투쟁의 상처는 아직 피가 흐르는데

무장한 경비대에 가로막혀 정문을 통과하지 못하고
출근을 저지당해 일자리를 빼앗긴 동지들
노동조합 탈퇴를 조건으로 취업하라는
굴욕과 모멸 속에 얼마나 더 서럽게
울어야 하는가.

밤마다 포스코 높은 굴뚝에 불기둥이 솟는데
끌려간 동지들은 쇠창살을 부여잡고
이 밤
피 울음을 토해 내고 있다.

연락이 끊긴 애비가 구속된 줄도 모르고
울면서 애비를 찾는 착한 딸아이의
서러운 흐느낌에 가슴이 저려오는데
우리의 투쟁은 여기서 끝났는가!
동지여!

모랫바닥에 혀를 묻고 죽는 한이 있어도
다시는 노가다 밥 먹지 않겠다고
수없이 다짐하고 맹세를 하면서도
죽지 못해 다시 새벽에 현장에 나갈 수밖에 없었던
절망보다 무거웠던 생의 피울음으로 살아오지 않았는가.

동지여!
저 다리를 건너자.
형산강 다리를 건너자.
무장한 경찰의 컨테이너 벽을 타고 넘어
원청회사 포스코의 무장 경비대를 뚫고
구천을 떠도는 하중근 열사의 넋과 함께
우리 아가 손잡고 형산강 다리를 건너자
친구처럼 정겹던 딸아이의 서러운 눈물을 닦아주며
부상당한 동지들에게 어깨 내어주고
동지의 듬직한 의지와 믿음이 되어
형산강 다리를 건너자.

지금은 아니라고 체념하지 말자.

체념과 무기력의 담을 쌓지 말자.

아쉬웠던 연대의 손길에 원망도 하지 말자.

죽는 한이 있어도 다시는 노가다 밥 먹지 않겠다던

젊은 날 그 서럽던 분노를 모아

저 다리만은 건너자 형산강 다리

그날

아!

그날의 함성과 만세소리

목이 찢어져라 부르던 동지의 이름 기억하며

오늘의 모멸과 매질을 견뎌내자

감옥의 무거운 철문에 동지의 이름을 새겨 넣듯

노동자의 가슴에 해방의 이름을 새겨 넣자.

형산강 다리,

해방의 다리를 건널 때까지

오늘을 잊지 말자
동지여!

민주주의 제단에 희생犧牲이 되어
―고현철 선생 영전에 바침

조향미

참혹한 세월입니다 참담한 나날입니다
진실은 거부당하고 시는 외면당하여
거짓과 욕설의 댓글이 왕좌를 차지합니다
꽃다운 생명들 꽃보다 아프게 떨어져도
세상은 바다 속보다 차갑습니다 무섭게 고요합니다
민주화는, 민주주의는,
철없는 아이들의 노리개가 되어가고 있습니다.

대학이 무엇입니까
진리와 자유와 정의의 큰 학문
대학은 어디에 있습니까
학문이란 무슨 소용이냐고
돈과 권력밖에 귀한 것이 있냐고
대학을 시장이 되라 윽박지릅니다
인간 상품을 만들어내라 협박합니다
돈을 주었다가 뺏었다가 등급을 올렸다가 내렸다가

아아, 이 비루한 세상에서
시인은 어떤 미문을 쓸 수 있을지요
학자는 무슨 진리에 생을 걸까요

대학이 이렇게 죽어도 좋은가
민주주의가 아주 망가뜨려져도 좋은가
누가 이 깊은 잠을 깨울 것인가

여기, 한 시인이 있었군요
꼿꼿한 선비가 살아있었습니다
사람들의 무딘 귀를 열고자
감은 눈을 뜨이고자 홀로 허공에 섰습니다
육신을 돌덩이인 양 던져서
이 굳게 닫힌 문을 열 수 있다면
저 완강한 벽을 금가게 할 수 있다면
"희생이 필요하다면 감당하겠다."
내 몸을 소나 양처럼

민주주의 제단에 바치리라
진리의 상아탑에 올리리라
청년이여, 나를 딛고 일어서게나
벗들이여, 나를 묻고 대장정에 나서시오

고현철 선생, 맑고 고요한 시인이여
단정하고 빈틈없는 학자여
흰소리 큰소리 낼 줄 모르고
앞장 서 주먹 흔드는 일도 없었던
그러나 이 야만의 세상 광기의 시대에
당신의 탄식이 얼마나 깊었을지
'어떻게 살 것인가, 무엇을 할 것인가'
얼마나 고뇌하며 이 쓸쓸한 본관 앞을 지났을지
눈에 밟히는 사랑하는 이들 바라보며
얼마나 아프고 두려운 마음 다졌을지

젊은 날 함께 시 읽고 생의 푸른 봄을 누렸던

벗이여, 순결한 문학청년이여
당신의 마음 이토록 간절한 줄 알았더라면
떠나기 전 함께 술잔이라도 나눌 것을
아니, 홀로 떠나지 않게 손 단단히 잡을 것을

이제 외면하고 침묵하지 않겠습니다.
바위를 포기하지 않는 빗방울처럼
우리의 마음 지지 않겠습니다
당신의 고귀한 희생犧牲,
하늘의 뜻으로 받들겠습니다
먼 길 편히 가소서
훨훨 날아 영원한 자유를 누리소서

당신들은 나를 결코 어찌할 수 없다

주영헌

당신들은 나를 죽일 수 없다.
내가 먼저 죽음을 선택할 것이기 때문이다.
죽음을 희생시켜 얻을 수 있는 자유가 있다는 말
누구에게나 생경하겠지만,
나를 잃어버리는 것보다
내 죽음이 나를 대신하여 희생하더라도
나! 이 모호하고 정의할 수 없는 한마디
자유 의지에 기댄다면

당신들은 나를
결코 어찌할 수 없다.

당신들이 협박하기 전 목을 꺾고 죽어버린다면,
나를 비웃을까? 비열한 욕을 하겠지.
당신들의 오랜 노력과 수고의 짐은 어디인가?
그래, 논리적이어야만 하는 멋진 보고서의 첫 문장
"탁 하고 때리니 억 하고 죽었다"

그러므로 당신들은 애쓸 필요가 없다.

내 목숨은 단 하나
첫이자 마지막 목숨은
나의 것!

당신들은 죽은 나를 되살릴 수 없으므로
단 한마디 위협도 가할 수 없다.
잔인하고 비인간적인 협박과 고문, 그 어떤 위해危害에도
입을 꾹 닫고 흔들리지 않을 것이다.

나는 내 의지로 죽을 것이다,

개 같은 어용은 가라
― 김시자 열사를 추모하며

채상근

어용은 가라 개 같은 어용은 가라
냄새나는 자본의 뒷골목길 어용노조는
사슬을 끊고 민주노조의 깃발을 들어라
뜨거운 불꽃으로 타올라라

양심 있는 조합원들은 행동으로!
노동의 불꽃이 되어 어용을 태워버리고
양심이 살아 있는 민주노조를 만들자고
뜨거운 불꽃이 되었어요

불꽃이 온몸을 감싸줄 때는 따뜻했어요
하지만 뜨겁지는 않았어요
전력노조 민주화를 원하는 열정만큼
뜨겁지는 않았어요

열사 정광훈

최기순

흰 국화 무더기 찬비에 젖는
망월동산 한 사내의 무덤
사진 속 희미한 미소에도 빗방울이 맺힌다
고향 동네 길목 어디
비스듬히 서서 담뱃불 붙이던
당숙이거나 숙부 같은

나는 먼 조카처럼 기우뚱 서서
인터넷 동영상 속 그를 불러낸다
미국 농산물 수입 저지
미국 대사관 점거 투쟁
4년간의 수감생활
APEC 반대 국민행동 대표
WTO 반대 홍콩민중투쟁단 대표
고 전용철, 홍덕표 농민 사망 진상규명 대책위원회 공동대표
한미FTA 저지 투쟁 관련 3차 투옥

화려한 이력의 자막 속에서
"사회 변혁은 대중이 하는 거지만
하려고 하는 사람들에 의해서 이루어진다."
"언제 이런 때가 또 올지 몰라"
"동지들, 희망을 갖고 어서!"
성마르지만 강직한 음성이
바람을 모으고 파도를 일으키며
전봉준에서 백남기까지
아니 가마니 공출 독촉에
일정 앞잡이 관리를 눈밭에 처박고
식솔들을 데리고 눈보라 속 만주로 떠났다는
작은 할아버지까지 불러 세운다

다시 둘러보아도
날씨는 궂고 망월의 묘지들은 셀 수도 없이 아득한데
'마지막까지 청춘이었던
꿈과 낭만이 있던 혁명가'라는 엔딩 자막 속에서

DOWN DOWN WTO, DOWN DOWN FTA
왜소한 체구에서 터져 나오는 불꽃들로
시야가 환하게 밝아온다

그래서 거기는
—박승희 열사 추도시

최기종

그래서
거기는 불에 기름 부은 듯 타올랐어요.
통일로 가는 코스모스 길 따라
한반도 전역을 적셔온 물길 따라
어머니!
당신이 물려주신 이 질긴 생명줄을
오월을 위한 도화선으로 쓸래요.

그래서
거기는 민주주의가 대폭발했어요.
스스로 불덩이가 되어서 살인 정권에 항거한
그 죽음을 헛되이 하지 않겠다며
모두는 입술을 떨었고
살아남은 자의 의무를 다하려고
붉디붉은 꽃으로 피어났어요.

그래서
거기는 조국이 새로 태어나는 전선이었어요.
황혼 무렵 길게 누운 시신을 두고
고삐 풀린 말들이 경배하고 있었고
시신도 두 눈 크게 뜨고 잠들지 않는 땅
꼭두새벽 길 바삐 오시던 할머니의 초롱불
말들이 거칠게 뒷발질했어요.

그래서
거기는 골고다 언덕이 되었어요.
망월동 동편에 샛별이 뜨면
꺾이지 않는 전사들은 창을 갈았고
밥 짓는 아낙들은
산제비꽃 관으로 쓰고
승희의 불씨를 호호 불었어요.

위대한 불꽃과 빚쟁이

―전태일 열사

최자웅

그대,
이제는
오뉴월의 고요한 마석 땅 한구석
민주 공원묘지에 평화롭게 누워 있을지라도
그대는 아직도
우리들의 뛰는 심장 속에서
청춘으로 생환하고
끝없이 부활하고 있다.

비록 어이없는 군사 독재의 폭압이
우리를 포수捕囚처럼 옥죄이고 누르고 눌렀지만
구만리 하늘을 날아가는 대붕의 파닥임과 비상은 아닐지라
도
제어할 수 없던 자유의 무한창공의 본능과 세계로
우리들의 청춘의 꿈과 이상과 열망이
푸른 산맥처럼 두려움 없이 거침없이 뻗어가던

젊은 날,
어느 날 우리 내부에서 다이너마이트가 터졌다.

전태일,
그대는
추한 이름 박정희 다카키 마사오의 영남
권부의 심장을
고향으로 하여 태어나,
그 소위 잘나가는 특권의 성지
TK의 특권과는 전혀 상관없는 가난과 변두리의 삶을 돌아
서울 창동에서 청계천까지 파리한 소년 노동과
청년 혁명가의 인간 사랑으로 짧은 삶을 치열하게 살았다.

그날에
우리 모두도 결코 행복하지 않고
본질적으로 불우했을지라도
그래도 대학문을 들락거리고

소위 대학생이던 우리들 모두는
청옥고등공민학교만을 중퇴한 그대 앞에서
"나에게 대학생 친구 하나만 있었으면 좋았겠다"는
절실하고 절박했던 고백과 함께
외로운 싸움으로 죽어가던 그대의 삶과 불꽃 앞에서
한없이 부끄럽고 초라했다.

그대의 소신공양
그 치열한 불꽃과 죽음은
감히 스스로는 나름대로 깨어 꿈틀거리는 심장으로
미래를 꿈꾸며 준비하고
싸우려 한다는 대학생이었던 우리에게
새로운 충격과 각성의 발파와 폭탄이었다.
그대는 단말마처럼 외치며 쓰러지고 타오르며
죽음으로 새로운 시대를 열었다.

우리들은

청계천변에서
인간이 기계가 아님을
외치며 쓰러져갔던
그대의 죽음으로 부활하며
두려움 없이
빚쟁이 같은 무겁고 부끄러운 심장으로
모진 시대와 모순의 어두운 전선과 싸움을 돌파하였다.

전태일,
그대는 죽음으로써
무수한 그대의 분신을 만들어내고
마치 옛 로마를 뒤흔든 옛 검노 영웅 스파르타쿠스처럼
그렇게 현대판 로마의 성채를 뒤엎어버리는
인내천 제폭구민 동학혁명과
1920년대 30년대의 처절하고도 자랑스러웠던
원산대파업, 강주룡 열사와 대구항쟁을 이은
장백산, 지리산, 태백산맥보다 질기디질긴 연맥으로

반제 노동운동의 대오를 이으면서
부활과 승리의 역사를 죽음과 피로 쓴
새벽 조선의 주인공이 되었다.

전태일 동지를 간직하다

최종천

사람을 먹여 살리는 것이 노동이냐 자본이냐?

이걸 알아보려면 전 세계 노동자들이 보름만 파업을 해보면 안다.

노동자가 희망하는 세상은 착취와 억압이 없는 세상이다.

그러나 자연이 있고 인간이 있으니 노동은 필연적으로 나타 나고

노동이 나타나면 착취가 나타난다고 하기보다는

착취가 있어야만 하는 것이다. 노동을 착취하지 않고는

세계는 발전하지 못하기 때문이다. 그게 자본주의이다.

그러므로 자본주의 세상 외에 가능한 사회는 없는 것이다.

나는 전태일 동지를 생각하면 이상과 같은 법칙을 생각한다.

요컨대, 노동계급의 어떠한 저항에도 불구하고

자본주의는 진화할 것이라는 것이다.

냉정하게 말해서 동지의 죽음은 무모한 것은 아니었으나

효과는 미미할 것이다. 하루에 6~7명씩 일수를 바치듯

죽어가는 노동계급에게 세계는 희망을 제공하지 않는다.

인간의 노동은 진화하고 있다. 이 노동을 통하여

그 노동의 착취를 통하여 지금 인류는 급속히 도태되고 있는

지구 생태계의 종의 하나이다. 노동의 착취가 있어야만 가능한

문학, 예술, 종교, 스포츠 이런 것들을 유지하기 위해서 인간이 사라지고 있는 것이다. 노동 착취를 통하여 부자들은 도태되지 않고 가난한 사람들은 도태되고 있는 것이다. 전태일 동지는 이 모든 것을 미리 알았으리라.

그러므로 모든 노동계급은 동지의 그늘 안에서 숨 쉬는 것이다.

이러한 냉혹한 진화의 법칙을 받아들이자.

그리고 어떻게 투쟁하느냐보다는 어떻게 살아야 하느냐를 생각하자.

노동은 인간의 본질이며 전부여야 하는 것이다.

노동의 착취를 통하여 인간은 도태되고 사라진다.

노동착취를 통하여 그 노동을 통하여 인간은 진화하고 마침내는 무기물로 사라질 것이다.

동지가 한 줌의 재로 돌아갔듯이.

전태일

표성배

내, 가슴 깊이로는 측량할 수 없는

몸으로 쇠를 녹이고자 스스로 천오백 도의 불이 된 당신,

당신은 너무 멀리 있고 공장은 너무 가까워

자꾸 잊는 날이 많다

방울

함민복

수도꼭지를 조였다 풀었다
물줄기를 풀었다 조였다
수도꼭지 네 개에 물방울을 떨군다
(한파가 아니었다면 어찌 물방울을 만들어보았을까)

똑,
똑,
똑,
똑,

마음에 여린 길 잊지 않으려
눈물방울 있었던가

전태일
김남주
리영희
김근태

154

사람 길 지키려 치열했던 방울들

작아 큰 울림

(한파가 아니었다면 어찌 사람 방울을 생각해보았을까)

그들은 싸웠고 우리는 잊었다
—이한열 기념관 〈보고 싶은 얼굴전〉

홍일선

나는
그들을 잊고서도
우리는
그들을 지우고서도
국가였고 국민이었고
창조 경제 4만 달러 운운이었고
아버지였고 농부였고 시인이었고
우리의 소원은 통일이었지요
캄캄한 밤
떠돌이별마저 들어간 밤
그대들이셨군요
밤길 넘어지지 않게
우리를 지켜준
푸른 별들 반딧불이들이셨나요
그대들 홍성엽 강민호 권희정 김윤 문수 김영미
별의 형제들 반딧불이 자매들

이제는
이름도 희미해져서
당최 얼굴도 생각이 안 나서
우리 모두에게 깨끗이 지워져서
천지간이 칠흑 어둠일 때
그대들이셨군요
우리가 가다 만 길 어서 가라고
일깨워준 그대들이셨군요

딱성냥

—청계천 전태일 열사 흉상 앞에서

황주경

딱 한 번뿐일지라도, 그대
무언가를 불사르고 싶어 기도한다

켜켜이 일어나는 메마른 입술
무언가 스치기라도 한다면
금방이라도 불 일 듯하다

손톱만큼도 스스로 태울 수 없는 운명
오늘 밤 그대는 홀로 깨어
충혈된 눈을 비비고 있나니,
어떤 기도가 이리도 건조한가
그대의 간절함은 하늘에 닿아
잠자던 이들을 흔들어 깨운다

유황불 속에 활활 타오르던 그대
순교자의 모습으로 내게 손 내민다

그대의 거룩한 불도장 내 손바닥에 아로새긴다

딱 한 번뿐일지라도 불꽃으로 살고 싶다

모란공원 가는 길

임성용

만인을 위한 꿈을

하늘 아닌 땅에서 이루고자 한 청춘들 누웠나니

스스로 몸을 바쳐 더욱 푸르고

이슬처럼 살리라던 맹세는 더욱 가슴 저미누나

의로운 것이야말로 진실임을
싸우는 것이야말로 양심임을
이 비 앞에 서면 새삼 알리라
어두운 세상 밝히고자
제 자신 밝혀 해방의 등불 되었으니
꽃 넋들은 늘 산 자의 빛나는 별뉘라
지나는 이 있어 스스로 빛을 발한
불멸의 영혼들에게서
삼가 불씨를 구할지어니
　　　　　—모란공원 민족민주열사 추모비 비문에서

　2016년 6월 11일, 초여름의 무더운 날이었다. 한국작가회의 자유실천위원회 및 작가회의 회원들은 경기도 남양주에 있는 마석 모란공원을 답사하였다.
　〈민족민주열사 묘역 답사〉라는 행사명에서도 알 수 있듯이 작가회의 회원들이 모란공원 답사를 진행한 것은, 이 땅의 민주화와 민족통일, 노동해방을 위해서 산화해간 열사들의 넋을 기리고 이름 없이 희생된 그들의 발자취와 역사적인 의미를 되새겨보고자 하는 마음에서였다. 세월이 지날수록 잊혀진 이름이 아닌 살아 있는 이름으로 열사들을 기억하기 위해서였다. 그 뜻을 담아 자유실천위원회에서는 열사 묘역 답사를 해마다 정례화하기로 했고, 첫 번째 답사 기념으로 모란공원 '민족민주열사 추모 시집'을 발간하기로 했다.

토요일이었던 당일 점심 무렵, 122인의 열사들이 안장된 모란공원 추모탑 앞에 안상학 한국작가회의 사무총장과 맹문재 자유실천위원장을 비롯한 다수의 작가들이 모였다. 유종순, 최종천, 신순봉, 유경희, 정지영(화가), 이미라, 박완섭, 이주희, 조길성, 정기복, 김이하, 김자흔, 최세라, 양은숙, 전비담, 유순예, 박설희, 채상근, 권위상, 임성용 등 25명이 참여했다.

맹문재 위원장은 인사말에서, "열사묘역 답사가 일시적인 행사가 아니라 열사들의 정신을 가슴에 품은 작가들이 모란공원을 자주 찾아보고 이들의 삶을 작품으로 썼으면 한다. 이것이 곧 열사들에 대한 지속적인 관심이다."라고 말했다.

채상근 시인의 사회로 진행된 행사는 <임을 위한 행진곡> 제창에 이어 시낭송이 있었다. 유순예 시인이 「시든 국화의 비가」, 박설희 시인이 「구로 애경역사를 지나며」를 낭송했다. 조길성 시인의 하모니카 연주를 끝으로 간단한 약식행사를 마친 작가들은 답사팀을 5코스로 나누었다. 먼저 전태일 열사와 이소선 어머니 묘소에서 전체 묵념을 한 후, 모란공원 내 묘역을 대여섯 명씩 자유롭게 이동하며 둘러보았다. 봉분마다 열사들의 이름이 적힌 묘비, 짤막한 행적, 묘표에 새겨진 사진을 보며 발걸음을 멈추곤 했다.

  민족민주열사 묘역으로 널리 알려진 모란공원은 1970년
전태일 열사가 안치되면서부터 민족민주운동과 통일운동, 반
독재 투쟁과 학생운동, 노동운동, 농민운동, 빈민운동 등을
하다가 희생된 분들이 하나둘씩 자리를 잡기 시작했다. 그러니
까 전태일 열사의 묘소가 생기고 나서 약 10년에서 15년이
지난 이후에 열사들의 집단 묘역이 되었다. 무차별적 산업화와
독재정권, 반민주, 반노동의 시대를 지난하게 거쳐 온 50여
년의 세월이 흐르는 동안 노동자와 농민, 청년학생, 지식인,
도시 빈민을 아우르는 민중들의 넋이 열사들의 묘비 하나하나
에 참담하고도 슬픈 증거의 역사로 오롯이 남아 있다.
  전국의 열사 묘역은 모란공원 외에도 몇 곳이 더 있다.
4·19혁명 당시 사망자와 부상자들의 묘지인 4·19민주묘지,
전두환 계엄군에 의해 살육당한 광주항쟁 시민군들의 묘지인
망월동 5·18민주묘지, 이 두 곳은 국립묘지로 단장되어 있다.
4·19와 5·18과 같이 국가유공자가 아닌 노동자와 농민, 재야
인사들과 청년학생들은 대부분 사설 공원묘지에 모셔져 있다.
이해남, 김현중 노동열사가 잠들어 있는 풍산공원묘지(충남),
박창수, 김주익, 박일수 열사 등이 안장된 부산·경남·울산
지역의 솥발산 열사묘역, 그리고 대구의 현대공원이 있다.

도합 천여 명이 넘는다.

왜 이렇게 수많은 사람들이 열사가 되어 묻혀야만 했을까?
그것은 국가권력의 반민중성과 부정부패 때문이었다. 민중과
괴리된 권력이 끊임없이 민중들을 탄압하고 이에 저항한 민중
들의 희생이 뒤따랐던 것이다. 역사적으로 보더라도 19세기,
조선왕조의 몰락과 함께 왕조의 부조리에 항거한 동학농민군
수만 명이 학살당했다. 더구나 이들 조선 민중들은 일본을
끌어들인 외세에 의해 죽어갔다. 결국은 나라마저 일본에게
빼앗기고도 민중을 배신한 매국노들은 친일의 주구가 되어
제 민족을 탄압하고 말살하는 데 여념이 없었다.

일제의 지배에서 조선이 해방되고, 나라는 둘로 쪼개졌다.
외세는 일본에서 미국으로 바뀌었다. 일본의 주구가 미국의
주구로 변하였고 그들이 바로 오늘의 지배 권력과 기득권
세력이 되었다. 그들의 민중 탄압은 일제의 그것과 하등 다를
바 없었다. 일제하 항일운동가들, 그중에서도 특히 이름 없는
노동자(사회주의 운동가)들이 감옥으로 끌려가 징역을 받은
형량이 모두 합치면 무려 6만 년도 넘는다고 한다. 남한에
분단 정권이 들어선 지 70년! 이승만부터 박근혜까지, 민주공
화국이라는 이름의 남한 사회에서도 가장 많은 탄압을 받고
가장 많은 희생자를 낳은 층이 다름 아닌 노동자를 중심으로

한 민중들이었다.

노동자들의 희생은 우리나라 노동운동의 역사와 밀접하게 연관되어 있다. 일제 식민지하의 노동운동은 노동자들의 항일 독립운동이었다. 이 시기의 노동운동은 곧 일제에 대한 저항을 통해서 이루어졌다. 전국적 규모의 산업별 노동조합 조직— 조선노동조합전국평의회가 결성되었고 남북한 1,154개의 분회에 조합원이 50만 명에 달했다. 전평은 이미 당시에 8시간 노동제와 유급휴가제 실시 등 다양한 정치, 경제투쟁을 전개하였다. 그러나 노동자들의 조직적 힘에 두려움을 느낀 지주들과 미군정은 대구항쟁 노동자 학살에서 보듯 전평을 철저하게 와해시켰다. 반공주의에 혈안이 된 미군정이 조선의 노동운동과 노동자를 가장 먼저 탄압하고 압살하였다.

그로부터 본격적인 산업화가 진행된 1970년대, 평화시장의 봉제 노동자 전태일이 "근로기준법을 지켜라" "노동자는 기계가 아니다"라는 구호를 외치고 스물두 살의 나이에 몸을 불살랐다. 전태일의 죽음은 충격이었다. 숨조차 쉬지 못하는 이층 다락방에 갇혀 하루 열네 시간, 열다섯 시간이 넘게 일하는 비참한 노동자들의 생활과 햇볕 한줌 들지 않는 작업장의 참상이 세상에 알려졌다. 이 사건을 계기로 20년이 넘도록 단절되었던 노동운동(민주노조운동)이 다시 일어났다. 하지만 박정희 군사정권 아래서 노동조합을 건설하고 지켜내는 일 자체가 엄청난 희생과 투쟁의 길이었다. 노조를 만들면 무조건 빨갱이였고 노동운동을 하면 불순 세력이 되었다. 생존의 위협은 물론 생명의 위협을 받았다.

1980년대, 전두환 군사쿠데타 정권은 민주노조 운동의 상징이었던 청계피복노조를 강제해산시켰다. 그러나 광주항쟁의 실상을 경험한 학생들이 대거 노동현장으로 투신하였고, 학생운동도 점차 사회변혁운동과 노동자계급운동으로 변하였다. 이 같은 변화는 학생들과 노동자의 정치의식적 연대로 고양되었으며 그 중심은 노동자였다.

민주노조 건설과 수배, 구속 등 험난한 노동자들의 투쟁이 열화와 같이 일어났다. 1985년에는 전평 이후 최초로 구로노동자 동맹파업이 일어났다. 파업은 그때부터 노조투쟁의 일상이 되었고, 급기야 노동자들이 거리로 나서 가두투쟁에 돌입하였다. 1987년 7~8월 투쟁이 그것이었다. 이 과정에서 택시노동자 박종만 열사를 비롯해서 대우조선 이석규 열사 등 노동자들이 대거 희생되었다.

1987년 노동자대투쟁 이후, 더욱 불이 붙었던 노동조합 건설은 1990년에 들어서 전노협(전국노동조합협의회) 건설로 꽃을 피웠다. 노태우 정권과 자본은 한층 공세적인 노조 탄압에 열을 올렸지만, 전노협은 민주적인 노동운동의 결집체로서 우뚝 섰다. 노태우 정권의 탄압 속에서 한진중공업 박창수 열사, 탄광노동자 성완희 열사 등 수많은 노동자들이 타살되거나 분신으로 자결하였다. 이때는 특히 박정희, 전두환, 노태우로 이어지는 군부정권을 몰아내기 위한 반독재 민주화투쟁과 맞물려 많은 청년학생들의 희생이 뒤따랐다.

1993년, 문민정부 이름으로 들어선 김영삼 정부는 경제 회복, 고통 분담이라는 보수적 이데올로기를 앞세워 노동자를 길들이려고 했다. 하지만 1995년 11월, 민주노총이 출범하였고, 김영삼 정부의 노동법 날치기에 노동자들은 총파업 투쟁으로 맞섰다. 문민정부 하에서도 현대자동차 서영호, 양봉수 열사와 분신으로 운명한 병원노동자 김시자 열사 등 군사정권 시절보다 더 많은 노동자들이 죽었다.

김대중 정부는 IMF의 대량 해고 사태로 인하여 노동자들을 비정규직으로 전락시켰다. 50년 만의 정권 교체라는 김대중의 '국민의 정부'는 처음부터 끝까지 노동자를 억압하는 정책으로 일관했고 노동자에 대한 정치적 탄압과 구속, 수배는 전두환과 노태우 군부정권과 다를 바 없었다. 김대중에 이어 참여정부 기치를 걸고 등장한 노무현 정권이야말로 역대 정권 중에서 가장 많은 열사들을 양산해냈다. 물론 열사들의 죽음은 이명박, 박근혜 정권에서도 끊임없이 이어졌지만, 노무현 정권 때부터 너무나도 많은 열사들을 양산했기에 그 이름조차 나열하기 힘들다. 이명박 정권은 쌍용자동차 정리해고로 스물세 명의 노동자들이 자살하게 만들었고, 심지어는 대책 없는 철거에 항의하는 용산 철거민들을 불에 태워 죽이기까지 했다. 물대포로 백남기 농민을 살해한 박근혜 정권은 입에 담아서 무엇하랴.

야만의 시대에 정치적 폭압과 자본의 폭력에 산화해간 열사들과 희생자들을 기리기 위하여 '민족민주열사 희생자 추모(기념) 단체 연대회의'가 설립되어 있다. 전국적으로 약 70여 개의 추모사업회가 있으며, 각 지역의 추모단체들도 있다. 추모연대는 매년 6월에 민족민주열사·희생자 추모회를 개최하고 열사들의 숭고한 뜻과 정신을 계승하고 있다. 또한 열사들의 명예회복과 의문사 진상규명, 홍보 및 학술행사와 같은 노력을 기울이고 있다.

한국작가회의 자유실천위원회에서 모란공원 답사를 하고 발행하게 된 이번 시집도 열사정신 계승과 추모의 의미를 담고 있는 작품집이다. 강영환의 「끊어진 길」을 비롯하여 총 61편의 시작품이 실렸다. 개별 작품집이 아닌, 60여 명의 시인들이 '열사'를 주제로 참여한 한국 최초의 '열사 추모 시집'이라 할 수 있다. 『그대는 분노로 오시라』는 시집 제목에서도 나타나는 바와 같이 이름 하여, 그대, 나의 그대이며 그대의 나인 모든 열사들은 분노를 안고 갔다. 참을 수 없는 분노, 억울하고도 슬픈 분노를 다시 부르는 것이다. 어찌 영면에 든 그대들이 분노로 오셔야만 하는가? 그것은 아직도 그 분노의 전부가 고스란히 남아 있기 때문이다. 이 땅에 사라지지 않고 떠도는 그대들의 분노를 이제는 우리 손으로 지워야만 하는 역사적 당위와 시대적 책무가 참으로 무겁다.

시집에는 모란공원에 잠든 열사들뿐만 아니라 광주의 오월 영령들을 기리는 시, 열사들의 추모제에서 낭송한 추모시, 전태일 열사와 그 밖의 열사들에게 바치는 시, 모란공원 묘역을 시인들의 가슴에 품은 시들이 있다.

각 부문 운동별로 보면 크게 네 분야로 나눌 수 있다. 첫째, 문익환 목사와 같은 민주화운동을 이끌었던 재야인사들이다. 통일운동과 민족운동 열사들도 이에 포함된다. 둘째, 전태일 열사와 같은 노동운동 열사들이다. 열사들 중엔 노동운동가들이 절대 다수를 차지하고 있다. 셋째, 반독재 투쟁 과정에서 희생된 학생운동 출신들이다. 박정희와 전두환 시대의 녹화사업과 강제징집, 그리고 고문으로 많은 청년학생들이 의문사를 당했고 분신으로 항거했다. 넷째, 농민운동과 도시빈민운동, 장애인운동, 철거민 투쟁으로 목숨을 잃은 민중운동 열사들이다.

강영환의 「끊어진 길」은 "망월동의 푸른 떼잔디 풀뿌리를 베고 누워 깊은 잠에 아직 들지 못하는" 광주를, "다시 어둠이 와 길은 끊어지고 끊어진 길 위에서" 여태 머물고 있는 현실을 되돌아보게 한다.

> 어둠 속을 뛰어가던 발소리가 있다
> 핏빛 노을 속에 뿜어내던 숨소리가 있다
> 네 쓰러진 곳에서 길은 끊어지고
> 우리 가야 할 길도 사라져버렸다
>
> ―강영환, 「끊어진 길」 중에서

총소리 진동하던 그날, 어둠 속을 뛰어가던 발소리와 핏빛 노을 속에 뿜어내던 숨소리가 들리는 듯하다. 시인은 "네 쓰러진 곳에서 길은 끊어지고 / 우리 가야 할 길도 사라져버렸다"고 했지만, 이것은 다름 아닌 시의 역설이다. 5월 광주야말로 우리 현대사를 송두리째 뒤바꿔놓은 대전환의 길이었고 우리가 가야 할 길이었다.

김성찬은 「1946, 다시 오는 10월」에서 대구항쟁을 다루고 있다. 제주 4·3 항쟁과 함께 대구 인민항쟁은 민족해방 투쟁의 거대한 불길이었다. 미군정에 의해서 무차별 살육이 자행된 대구항쟁은 미군의 식민 통치에 항의하는 민중 봉기의 불꽃으로 폭발하여 인근 중소도시와 농촌으로까지 번져나갔고 마침 내 남한 전역을 뒤흔들었다. 미군은 계엄령을 선포하고 군대는 물론 경찰, 국방경비대, 우익 정치깡패들까지 동원하여 진압 작전을 벌였다.

> 대구역 광장 시청 광장
> 거역의 몸부림으로 쏟아져 나와
> 자유를 외치던 분노의 주먹들이여
> 용광로처럼 달아오르던 달구벌이여
> —김성찬, 「1946, 다시 오는 10월」 중에서

지금은 보수의 심장이 되었지만, 해방 전후에 대구 시민들과 대구의 모습은 너무나도 달랐다. 역사의 아이러니가 아닐 수 없다.

박창수 열사와 공업고등학교 동창생으로 개인적인 인연을 쓰라리게 그려낸 공광규의 「동창 창수에게」는 유난히 눈길이 가는 시이다. 박창수 열사는 한진중공업 노조위원장이었다. 1991년 5월, 안기부의 전노협 탈퇴를 종용받고 수사 도중 시신으로 발견되었다. 안기부의 고문치사 의혹이 제기되었지 만 경찰은 백골단을 투입해 안양병원에 있던 박창수 열사의 시신을 탈취해갔다. 그리고 강제 부검을 실시한 뒤, 박창수 열사가 병실에서 뛰어내려 자살했다고 발표했다. 박창수 열사의 갑작스런 죽음은 안기부의 고문사가 분명했다. 박창수 열사의 죽음 이후 한진중공업 노동자들은 연이어 목숨을 내건 투쟁을 이어갔다. 김주익 열사, 곽재규 열사, 최강서 열사가 투쟁 중에 목숨을 끊었다. 김진숙의 85호 크레인 고공농성과 희망버스로 상징되는 한진중공업 투쟁은 이처럼 노동의 청춘을 죽음의 제단에 바친 노동자들의 피어린 영혼이 묻어 있는 것이다.

배관과 1반이었던 창수야
나는 기계과 9반이었던 광규야
푸른 실습복에 '조국 근대화의 기수' 휘장을 달고
하나 둘 셋 넷 구령에 맞춰 행진을 하고
점호를 받던 기억이 나는구나
기숙사 옆 식당과 가까운 배관과 실습장에서
텅텅 깡깡 철판을 구기고 파이프를 두드리던 소리가
아직도 귀에 선하구나
너는 대한조선공사로 가서 조선노동자가 되었고
나는 포항제철로 가서 제철노동자가 되었지
너는 용접공을 했겠구나

나는 기계수리공이었는데

(중략)

너는 열사가 되었고

나는 블랙리스트 시인이 되었구나

이게 우리들의 노동이구나 나라구나

창수야,

동창들이 1977년에 설악산으로 갔던 리마인드 수학여행을
가자는구나

너는 못 오겠지

양산 솥발산 묘역에 잠들었으니

　　　　　　　　　　　—공광규, 「동창 창수에게」 중에서

　박창수 열사는 경남 양산군 솥발산 묘역에 잠들어 있다.
아마 공광규는 박창수 열사와 학창시절을 함께했던 친구들을
만나 솥발산 묘역으로 가끔 여행을 다녀오지 않을까. 박창수
열사의 묘소 앞에서 어떤 가슴 아린 추억을 되새기며 눈물
한 방울 말없이 떨구고 오지 않을까.

　한진중공업 노동자의 죽음을 보며 쓴 시는 또 있다. 김요아킴
의 「한 노동자의 죽음을 보며—한진중공업 85호 크레인에서」
이다.

처절히 꿈꾸었을 아름다운 노동
한 번도 꽃피우지 못하고
마지막으로 지켜내야 할 피붙이마저 흘려놓은 채
크레인 한쪽 귀퉁이
끝내 한 송이 국화만 남겨두고는
훌쩍 가버린 그대

그러나 그대
이제 눈물 되어 다시 와야 하오
우리들 깊이 상처 난 마음속으로
타오르는 저녁 강의 햇살처럼 붉게 스미어
더 이상 흔들릴 것 없는 저 환한 세상을 위하여
더디더라도 꼭 다시 와야 하오
　　　　　—김요아킴, 「한 노동자의 죽음을 보며」 중에서

　이 시는 85호 크레인에서 외롭게 싸우다 목을 매단 김주익 열사를 이야기한 시로 보인다. "마지막으로 지켜내야 할 피붙이마저 흘려놓은 채 / 크레인 한쪽 귀퉁이 / 끝내 한 송이 국화만 남겨 두고" 떠난 김주익 열사가 초등학생 세 자녀들을 남겨두고 크레인 난간에 스스로 목을 걸기 전에 그가 바라본 세상은 어떤 모습이었을까? 그가 죽기 전에 마지막으로 바라본 하늘은 어떤 빛깔이었을까? 그때의 심정을 김주익 열사는 유서에다 이렇게 썼다.

오랜만에 맑고 구름 없는 밤이구나
내일모레가 추석이라고 달은 벌써 만월이 되어가는데,
내가 85호 크레인 위로 올라온 지 벌써 90여 일
조합원 동지들의 전면파업이 50일이 되었건만 회사는
교섭 한 번 하지 않고 있다.
아예 이번 기회에 노동조합을 말살하고
노동조합에 협조적인 조합원의 씨를 말리려고
작심을 한 모양이다.
노동자가 한 사람의 인간으로 살아가기 위해서는 목숨을 걸어야
하는 나라, 그런데도 자본가들과 썩어빠진 정치군들은
강성노조 때문에 나라가 망한다고 아우성이다.

(중략)
이놈의 보수언론들은 입만 열면 노동조합 때문에 나라가
망한다고 난리니 노동자는 다 굶어 죽어야 한단 말인가.
이번 투쟁에서 우리가 패배한다면 어차피 나를 포함해서

수많은 사람들이 죽을 수밖에 없을 것이다. 하지만 나 한 사람이

죽어서 많은 노동자들을 살릴 수가 있다면 그 길을 택할 수밖에

없지 않겠는가?

경영진들은 지금 자신들이 빼어든 칼에 묻힐 피를 원하는 것 같다.

그래, 당신들이 나의 목숨을 원한다면 기꺼이 제물로 바치겠다.

(중략)

40년의 인생이었지만

남들보다 조금 빨리 가는 것뿐 결코 후회하지 않는다.

그리고 노동조합 활동하면서 집사람과 아이들에게

무엇 하나 해준 것도 없는데 이렇게 헤어지게 되어서

무어라 할 말이 없다. 아이들에게 휠리스인지 뭔지를

집에 가면 사 주겠다고 크레인에 올라온 지 며칠 안 되어서

약속을 했는데 그 약속조차도 지키지 못해서 정말 미안하다.

준엽아. 혜민아. 준하야.

아빠가 마지막으로 불러보고 적어보는 이름이구나.

부디 건강하게 잘 자라주길 바란다.

그리고 여보.

결혼한 지 십 년이 넘어서야 불러보는 처음이자 마지막

호칭이 되었네. 그동안 시킨 고생이 모자라서 더 큰

고생을 남기고 가게 되어서 미안해.

하지만 당신은 강한 데가 있는 사람이라서 잘 해주리라 믿어.

그래서 조금은 편안히 갈 수 있을 것 같애.

이제 저 높은 곳에 올라가면 먼저 가신 부모님과 막내누나를

만날 수 있을 거야. 그럼 모두 안녕.

2003년 9월 9일 김주익

어린 아이들에게 신발 한 켤레를 선물로 사주겠다는 약속을
했는데, 끝내 그 약속을 지키지 못한 채 목울대를 조여 오는
한 가닥 밧줄에 매달려 눈을 감고 만 김주익의 유서에서 뜨거운
눈물이 맺힌다.

민족민주열사 추모제에서 낭송한 시인들의 추모시도 여러
편 있다. 이 시집의 표제작이기도 한 김경훈의 「그대는 분노로
오시라―고 양용찬 열사 추모제에 부쳐」, 김광렬의 「가슴이
뜨거워지는 소리를 듣는다―이 땅의 모든 민주열사들에게」,
김태원의 「아카시아 꽃비―2016 광주 5·18 민주화운동 기념
일에 부쳐」 등이 있다. 이인범의 「지금은 아직 슬퍼하지 말아요

—광주 5·18민주화운동 고 윤상원 열사에게 바침」, 조향미의
「민주주의 제단에 희생이 되어—고현철 선생 영전에 바침」,
최기순의 「열사 정광훈」, 최기종의 「그래서 거기는—박승희
열사 추도시」 등이 있는데, 이와 같은 시들은 열사추모제에서
낭송한 추도시로 보인다. 신현수가 강희철 열사 영전에 바치는
시 「우리는 지금 그가 걸어간 길이 역사인, 한 혁명가를 보고
있다」, 안상학이 고 김영균 열사 20주기 추모제에 부치는
「살아 스무 살 청년아, 죽어 스무 살 청년아」도 추모제 헌사시이
다.

많은 시들 중에서 단연 전태일 열사 추모시가 가장 많고,
박근혜 정권 들어 경찰 물대포에 맞아 사망한 고 백남기 농민에
관한 시들도 두어 편 있다. 고현철 선생 영전에 바치는 시는
서너 편이나 된다. 김남주 시인이나 문익환 목사, 이소선 어머니
를 추모하는 시들도 있다. 가장 최근에 유명을 달리한 열사의
죽음을 다룬 시로는 작년 3월, 노조 파괴 중단을 요구하며
자결한 유성노조 조합원 한광호 열사 추모시다. 김채운의 「꽃
상여 떠가네」가 그것이다.

앞에서 언급한 시들 외에 열사 시집에 실린 작품들을 편편이
일별해 보면 대략 다음과 같다.

전태일 열사 추모시는 김창규의 「전태일 열사에게」, 이은봉의 「부활」, 조광태의 「꺼지지 않는 불꽃—전태일 평전을 읽고」, 표성배의 「전태일」, 최자웅의 「위대한 불꽃과 빛쟁이」, 최종천의 「전태일 동지를 간직하다」, 황주경의 「딱성냥—청계천 전태일 열사 흉상 앞에서」 등이 있다.

백남기 농민 추모시는 김형효의 「아 뜨거운 눈물, 백남기」, 나해철의 「농민열사 백남기」, 서안나의 「풀의 감정—고 백남기 열사를 추모하며」가 있다. 김남주 시인 추모시는 나종영의 「동백꽃 붉은 숲속에 와서—김남주 시인에게」, 김희정의 「금토일」, 이철경의 「김남주 열사의 묘」가 있다.

총장 직선제와 대학 민주주의 실현을 위해 몸을 던진 고현철 교수의 추모시도 눈에 띤다. 송진의 「떼여노민—고 고현철 교수 1주기를 추모하며」, 동길산의 「홍시」, 배재경의 「고현철 형에게」 등 이들 시편들은 부산대 교수였던 한 지식인의 죽음이 남긴 파장이 그만큼 컸다고 볼 수 있다.

1987년 6월 항쟁의 상징인 박종철 열사와 이한열 열사의 시도 빠지지 않는다. 주영현의 「당신들은 나를 결코 어찌할 수 없다」는 남영동 대공분실에서 물고문으로 숨진 박종철 열사를, 홍일선의 「그들은 싸웠고 우리는 잊었다—이한열 기념관 〈보고 싶은 얼굴전〉은 경찰의 최루탄을 맞고 숨진 이한열 열사를 다룬 시이다. 이한열 열사 추모시는 정세훈의

「봄나물―이한열 열사 묘소 앞에서」와 김선의 「유월, 시청광장을 지나며―이한열을 기억하다」 등 두 편이 더 있다.

이밖에 김홍춘의 「이별가」는 삼성서비스노조 최종범 열사 추모시다. 고 전용철 농민을 추모하는 송기역의 「이 땅에 온 농투성이 예수」, 노무현 정권 때 살인 경찰의 폭력에 사망한 건설노동자 하중근 열사의 추모시인 조선남의 「형산강 다리, 해방의 다리를 건널 때까지」도 있다. 조선남은 하중근 열사와 같은 건설노동자이기도 하다. 채상근의 「개 같은 어용은 가라」는 1996년, 한전부속 한일병원 지부장으로 노조 탄압에 항거하다 분신한 김시자 열사 추모시다. 채상근 시인은 당시 전력노조에 소속되어 있었던 노동자로서 동료의 죽음이 누구보다 뼈아픈 상처였으리라. 남효선의 「통신문」은 이내창 열사를, 성향숙의 「정의의 이름으로」는 한상용 열사를, 심우기의 「낮달」은 송광영 열사를 불러내고 있다. 김정원의 「임」은 늦봄 문익환 목사를, 맹문재의 「우리의 어머니」는 전태일 열사의 어머니이자 모든 노동자의 어머니인 이소선 어머니를 기리는 시다.

특정 열사를 주제로 한 시가 아닌 모란공원과 열사 전체를 대상으로 삼은 시들은 김이하의 「모란공원 묘지에서」 외 17편에 이른다. 권위상의 「모란공원」, 김석주의 「풀들의 계절」, 김자흔의 「푸른 반역」, 김해자의 「허물로 남은 노래」, 박설희의 「모란공원에서」, 박완섭의 「마석 모란공원」, 유경희의 「모란공원」, 유순예의 「비보」, 이규배의 「산정만가 3」, 이영숙의 「비명」, 임성용의 「너의 심장은 식었다」, 전비담의 「봉분꽃」, 정기복의 「모란공원, 사계」, 함민복의 「방울」 등이 있다.

위의 추모시들은 말 그대로 먼저 가신 '열사'들을 위한 시들이다. 그러므로 시라는 문학 형식으로서 작품 해석이나 또 다른 풀이나 감상이 적절치가 않다. 시 한 편 한 편이 열사들의 역사이고 생명이며, 살아 있는 우리들이 일생을 두고 잊어서는 안 될 기억이기 때문이다. 열사들은 "눈물로 불러야 하는 이름" 이며, 그들을 부를 때마다 '내 생애 엎질러진 이름 있다'(강태승, 「초혼」)는 사실을 망각해서는 안 된다. 바로 그 망각을 되살리고자 작가들이 불러낸 열사의 이름들이 『그대는 분노로 오시라』는 이 시집의 발간 목적이다. 분노를 상실하는 것은 어쩔 수 없는 인간의 망각이기에 부디 모란공원을 다녀온 작가들의 발길이 모인 시집 한 권이 민족민주열사들의 분노를 깨우치는 소중한 기억으로 남길 바란다.

당신은 만인의 해방을 위한 길을
오직 사랑으로 걸어갔기에
영원한 우리의 어머니입니다
　　　　　　　　—맹문재, 「우리의 어머니」 중에서

"전태일을 아는 세상 사람들은 당신을 어머니라고 부릅니다" 전태일을 모르는 세상 사람들 또한 당신을 어머니라고 불러야 한다. 이소선 어머니를 이천만 노동자의 어머니라고 부르는 건 "만인의 해방을 위한 길을 오직 사랑으로 걸어갔기에" 그렇다. 우리도 그 사랑을 배우고 실천하겠다는 마음의 다짐을 열사들의 삶을 통해서, 열사들을 생각하는 시를 쓰고 읽으면서 더욱 견결하게 할 수 있다.

노동자는 죽지 않는다,
　　　　폐기된다!
노동자는 죽지 않는다,
　　　　증발한다!
노동자는 죽지 않는다,
　　　　의문 속으로 사라진다!

노동자는 그저 익명의 수량이었을 뿐이다
노동자는 그저 무리의 부피였을 뿐이다
노동자는 그저 집단의 무게였을 뿐이다

그건 문제가 되지 않는다

소나 염소에겐 수량만 문제가 될 뿐이다

사육 두수만 문제가 될 뿐이다

그들은 죽지 않고 도살된다

(중략)

그의 죽음, 우리의 죽음을 끝내 찾아 밝혀내야 하는 이유는

노동자의 불확실한 삶을 밝혀내어야 하기 때문이다

그리고 모든 익명에 생명의 이름을 부여하기 위해서이다

　　　　―백무산, 「죽어가는 모든 익명에 생명의 이름을

　　　　　　　　　　　　　　　　부여하라」 중에서

　"존재가 불확실한 자는 죽음도 불확실하다"는 말을 우리들
은 새삼 명심해야만 할 일이다. "노동자의 죽음은 모두 타살이
다"라고 했듯이, 우리 스스로가 확실한 존재가 되고 가치와
권리를 확인하고, 그리하여 단 한 사람도 억울하게 타살당한
죽음이 없는 세상을 만들어야 한다. 노동하는 인간으로서,
인간의 존재를 끊임없이 확인하고 "생명의 이름"을 부여하는
시인으로서…….

강영환 경남 산청 출생. 1977년 <동아일보> 신춘문예로 작품 활동 시작.
시집으로『칼잠』『집산 푸른 갯빛』『출렁이는 상처』등이 있음.

강태승 1961년 충북 진천 출생. 2012년『시와비평』으로 작품 활동 시작.
시집으로『칼의 노래』가 있음.

공광규 1960년 충남 청양 출생. 1986년『동서문학』으로 작품 활동 시작.
시집으로『대학일기』『소주병』『말똥 한덩이』『담장을 허물다』등이
있음.

권위상 부산 출생. 2012년『시에』로 작품 활동 시작.

김경훈 1992년『통일문학통일예술』로 작품 활동 시작. 시집으로『삼돌이네
집』『그날 우리는 하늘을 보았다』『한라산의 겨울』등이 있음.

김광렬 1988년『창작과비평』으로 작품 활동 시작. 시집으로『가을의 詩』
『풀잎들의 부리』『그리움에는 바퀴가 달려 있다』『모래 마을에서』
등이 있음.

김석주 1946년 경북 경산 출생. 시집으로『행복한 사람』『함성』『뜻밖의
동행』등이 있음.

김 선 1973년 전남 고흥 출생. 2013년『시와문화』로 작품 활동 시작.

김성찬 1959년 대구 출생. 1993년『심상』으로 작품 활동 시작. 시집으로
『파란 스웨터』가 있음.

김요아킴 1969년 경남 마산 출생. 2003년『시의나라』로 작품 활동 시작.
시집으로『왼손잡이 투수』『행복한 목욕탕』등이 있음.

김이하   1959년 전북 진안 출생. 1989년 작품 활동 시작. 시집으로 『내
         가슴에서 날아간 UFO』『타박타박』『춘정, 火』『눈물에 금이 갔다』
         등이 있음.

김자흔   2004년 『내일을여는작가』로 작품 활동 시작. 시집으로 『고장 난
         꿈』이 있음.

김정원   전남 담양 출생. 2006년 『애지』로 작품 활동 시작. 시집으로 『꽃은
         바람에 흔들리며 핀다』『줄탁』『거룩한 바보』『환대』『국수는 내가
         살게』 등이 있음.

김창규   1954년 충북 보은 출생. 『분단시대』 동인으로 작품 활동 시작. 시집으로
         『푸른 벌판』 등이 있음.

김채운   충북 보은 출생. 2010년 『시에』로 작품 활동 시작. 시집으로 『활어』가
         있음.

김태원   1959년 충북 보은 출생. 2000년 『충북작가』로 작품 활동 시작.
         시집으로 『산철쭉꽃잎에 귀를 대다』가 있음.

김해자   1961년 전남 신안 출생. 1998년 『내일을여는작가』로 작품 활동
         시작. 시집으로 『무화과는 없다』『축제』 등이 있음.

김형효   1965년 전남 무안 출생. 1997년 시집 『사람의 사막에서』로 작품
         활동 시작. 시집으로 『꽃새벽에 눈 내리고』『사막에서 사랑을』 등이
         있음.

김홍춘   2013년 『시와시』로 작품 활동 시작. 시집으로 『강』이 있음.

김희정   전남 무안 출생. 2002년 <충청일보> 신춘문예로 작품 활동 시작.
         시집으로 『백년이 지나도 소리는 여전하다』『아고라』『아들아, 딸아
         아빠는 말이야』 등이 있음.

나종영   광주 출생. 1981년 13인 신작 시집 『우리들의 그리움은』(창작과비평

사)으로 작품 활동 시작. 시집으로『끝끝내 너는』『나는 상처를 사랑했네』 등이 있음.

나해철 1956년 전남 나주 출생. 1982년 〈동아일보〉 신춘문예로 작품 활동 시작. 시집으로『무등에 올라』『동해일기』『그대를 부르는 순간만 꽃이 되는』『아름다운 손』『긴 사랑』『꽃길 삼만리』『위로』『영원한 죄 영원한 슬픔』 등이 있음.

남효선 1958년 경북 울진 출생. 1989년『문학사상』으로 작품 활동 시작. 시집으로『둘게삼』 등이 있음.

동길산 부산 출생. 1989년『지평』으로 작품 활동 시작. 시집으로『뻐꾸기 트럭』『을축년 詩抄』『바다은 늘 비어 있다』『줄기보다 긴 뿌리가 꽃을 피우다』『무화과 한 그루』 등이 있음.

맹문재 1991년『문학정신』으로 작품 활동 시작. 시집으로『먼 길을 움직인다』『물고기에게 배우다』『책이 무거운 이유』『사과를 내밀다』『기룬 어린 양들』 등이 있음.

박관서 1996년『삶, 사회 그리고 문학』으로 작품 활동 시작. 제7회 윤상원문학상 수상. 시집『철도원 일기』『기차 아래 사랑법』 등이 있음.

박설희 강원도 속초 출생. 2003년『실천문학』으로 작품 활동 시작. 시집으로『쪽문으로 드나드는 구름』 있음.

박완섭 1998년『문학21』로 작품 활동 시작. 시집으로『핸들을 잡으면 세상이 보인다』『느티나무의 꿈』『한반도의 중심은 사랑이다』『나는 나를 알지 못한다』 등이 있음.

배재경 경북 경주 출생. 1994년『문학지평』으로 작품 활동 시작. 시집으로『그는 그 방에서 천년을 살았다』『절망은 빵처럼 부풀고』 등이 있음.

백무산 1955년 경북 영천 출생. 1984년『민중시』로 작품 활동 시작. 시집으로

186

『만국의 노동자여』『동트는 미포만의 새벽을 딛고』『인간의 시간』
『길은 광야의 것이다』『초심』『길 밖의 길』『거대한 일상』『그 모든
가장 자리』『폐허를 인양하다』 등이 있음.

서안나 1990년『문학과비평』으로 작품 활동 시작. 시집으로『푸른 수첩을
찢다』『플롯 속의 그녀들』『립스틱 발달사』 등이 있음.

성향숙 경기도 화성 출생. 2008년『시와 반시』로 작품 활동 시작. 시집으로
『엄마, 엄마들』이 있음.

송기역 전북 고창 출생.

송 진 부산 출생. 1999년『다층』으로 작품 활동 시작. 시집으로『지옥에
다녀오다』『나만 몰랐나봐』『시체분류법』 등이 있음.

신현수 1958년 충북 청원 출생. 1985년『시와의식』으로 작품 활동 시작.
시집으로『서산 가는길』『처음처럼』『이미혜』『군자산의 약속』『시간
은 사랑이 지나가게 만든다더니』『인천에 살기 위하여』 등이 있음.

심우기 전북 함열 출생. 2011년『시문학』으로 작품 활동 시작. 시집으로
『검은 꽃을 피우는 열세 가지 방법』『밀사』 등이 있음.

안상학 1988년 <중앙일보> 신춘문예로 작품 활동 시작. 시집으로『안동소주』
『오래된 엽서』『아배 생각』『그 사람은 돌아오고 나는 거기 없었네』
등이 있음.

유경희 2004년『시와세계』로 작품 활동 시작. 시집으로『내가 침묵이었을
때』가 있음.

유순예 2007년『시선』으로 작품 활동 시작. 시집으로『나비 다녀가시다』가
있음.

이규배 1988년『80년대』 동인으로 작품 활동 시작. 시집으로『투명한 슬픔』
『비가를 위하여』『아픈 곳마다 꽃이 피고』 등이 있음.

이영숙 1991년 『예술문학』으로 작품 활동 시작. 시집으로 『시와 호박씨』가
       있음.

이은봉 1953년 충남 공주 출생. 1984년 신작 시집 『마침내 시인이여』(창작과
       비평사)로 작품 활동 시작. 시집으로 『내 몸에는 달이 살고 있다』
       『길은 당나귀를 타고』『책바위』『첫눈 아침』『걸레옷을 입은 구름』
       『봄바람, 은여우』 등이 있음.

이인범 2002년 『시와 사람』으로 작품 활동 시작. 시집으로 『달빛자국』이
       있음.

이철경 2011년 『발견』 신인문학상으로 작품 활동 시작. 시집으로 『단 한
       명뿐인 세상의 모든 그녀』『죽은 사회의 시인들』 등이 있음.

임성용 1965년 전남 보성 출생. 1992년 『삶글』에 시와 소설을 발표하며
       작품 활동 시작. 시집으로 『하늘 공장』『풀타임』 등이 있음.

전비담 2013년 제8회 최치원신인문학상 수상.

정기복 1994년 『실천문학』으로 작품 활동 시작. 시집으로 『어떤 청혼』이
       있음.

정세훈 1989년 『노동해방문학』으로 작품 활동 시작. 시집 『손 하나로 아름다운
       당신』『맑은 하늘을 보면』『저 별을 버리지 말아야지』『끝내 술잔을
       비우지 못 하였습니다』『그 옛날 별들이 생각났다』『나는 죽어 저
       하늘에 뿌려지지 말아라』『부평 4공단 여공』『몸의 중심』 등이 있음.

조광태 강원도 철원 출생. 시집으로 『철조망 거둬내서 농로 하나 내면』『한탄강』
       등이 있음.

조선남 1988년 제1회 전태일문학상 수상하면서 작품 활동 시작. 시집으로
       『희망수첩』『눈물도 때로는 희망』 등이 있음.

조향미 1986년 무크지 『전망』으로 작품 활동 시작. 시집으로 『길보다 멀리

기다림은 뻗어있네』『새의 마음』『그 나무가 나에게 팔을 벌렸다』
등이 있음.

주영헌 1973년 충북 보은 출생. 2009년 『시인동네』로 작품 활동 시작.
시집으로 『아이의 손톱을 깎아줄 때가 되었다』가 있음.

채상근 1962년 강원 춘천 출생. 1985년 『시인』으로 작품 활동 시작. 시집으로
『다음 열차를 기다리는 사람들』『거기 서 있는 사람 누구요』『사람이나
꽃이나』등이 있음.

최기순 2001년 『실천문학』으로 작품 활동 시작. 시집으로 『음표들의 집』이
있음.

최기종 1956년 전북 부안 출생. 1992년 교육문예창작회가 펴낸 『대통령
얼굴이 또 바뀌면』으로 작품 활동 시작. 시집으로 『나무 위의 여자』
『학교에는 고래가 산다』등이 있음.

최자웅 시집으로 『그대여 이 슬프고 어두운 예토에서』『겨울 늑대』등이
있음.

최종천 1954년 전남 장성 출생. 1986년 『세계의문학』으로 작품 활동 시작.
시집으로 『눈물은 푸르다』『나의 밥그릇이 빛난다』『고양이의 마술』
등이 있음.

표성배 경남 의령 출생. 1995년 제6회 <마창노련문학상>으로 작품 활동
시작. 시집으로 『은근히 즐거운』『기계라도 따뜻하게』『기찬 날』
『공장은 안녕하다』『개나리 꽃눈』『저 겨울산 너머에는』『아침 햇살이
그립다』등이 있음.

함민복 1962년 충북 충주 출생. 1988년 『세계의문학』으로 작품 활동 시작.
시집으로 『우울氏의 一日』『자본주의의 약속』『모든 경계에는 꽃이
핀다』『말랑말랑한 힘』『눈물을 자르는 눈꺼풀처럼』등이 있음.

홍일선 1980년 『창작과비평』으로 작품 활동 시작. 시집으로 『농토의 역사』
『한 알의 종자가 조국을 바꾸리라』 『흙의 경전』 등이 있음.

황주경 경북 영천 출생. 『문학21』로 작품 활동 시작. 시집으로 『나무처럼
살고 싶다』가 있음.

1. 망월동
관리사무소 062-265-4712

2. 모란공원
관리사무소 031-594-6362

3. 솥발산
부산경남울산 열사 정신계승사업회 051-637-7468
묘역 관리소 055-382-7714

4. 풍산공원
묘역 사무소 02-585-1401~3

5. 현대공원
묘원 053-312-1755

출처: 민족민주열사·희생자추모(기념)단체연대회의(약칭: 추모연대)
    (http://www.yolsa.org)

그대는 분노로 오시라

초판 1쇄 발행 2017년 2월 15일

엮은이 한국작가회의 자유실천위원회
펴낸이 조기조
펴낸곳 도서출판 b
편 집 김장미 백은주
표 지 테크네
인 쇄 주)상지사P&B

등록 2003년 2월 24일 제12-348호
주소 08772 서울시 관악구 난곡로 288 남진빌딩 401호
전화 02-6293-7070(대) 팩시밀리 02-6293-8080
홈페이지 b-book.co.kr 이메일 bbooks@naver.com

ISBN 979-11-87036-17-3   03810

정가_9,000원